U0639149

林希自选集

天津闲人
高买
圈儿酒

林希

 著

天津出版传媒集团

天津人民出版社

图书在版编目(CIP)数据

天津闲人·高买·圈儿酒 / 林希著. -- 天津：天
津人民出版社，2017.6
　(林希自选集)
　ISBN 978-7-201-11701-0

　Ⅰ.①天… Ⅱ.①林… Ⅲ.①中篇小说–小说集–中
国–当代 Ⅳ.①I247.5

中国版本图书馆 CIP 数据核字(2017)第 093336 号

天津闲人·高买·圈儿酒
TIANJINXIANREN·GAOMAI·QUANERJIU
林希 著

出　　　版　天津人民出版社
出　版　人　黄　沛
地　　　址　天津市和平区西康路 35 号康岳大厦
邮政编码　300051
邮购电话　(022)23332469
网　　　址　http://www.tjrmcbs.com
电子信箱　tjrmcbs@126.com

责任编辑　霍小青
装帧设计　汤　磊

印　　　刷　山东德州新华印务有限责任公司
经　　　销　新华书店
开　　　本　880×1230 毫米　1/32
印　　　张　8.375
插　　　页　8
字　　　数　170 千字
版次印次　2017 年 6 月第 1 版　2017 年 6 月第 1 次印刷
定　　　价　42.00 元

版权所有　侵权必究
图书如出现印装质量问题，请致电联系调换(022-23332469)

电影《天津闲人》海报，由导演郑大圣提供。

电影《天津闲人》剧照，由导演郑大圣提供。

电影《天津闲人》剧照，由导演郑大圣提供。

电影《天津闲人》剧照，由导演郑大圣提供。

目　录
CONTENTS

天津闲人

第一章

若是有个人冷不丁地出来问你:天津卫出嘛?要答不上话茬儿,你还真被人家问"闷儿"了。天津卫这地方,大马路上不种五谷杂粮,小胡同里不长瓜果梨桃,满城几十万人口,几十万张嘴巴睁开眼睛就要吃要喝,就算天津卫有九条河流横穿而过,即使这九条大河里游满了鱼虾螃蟹,连河岸边的青蛙一起捉来下锅,恐怕也喂不饱这几十万张肚皮。所以,君不见日日夜夜火车轮船不停地往天津运大米白面,城乡公路车拉肩担又不停地往天津送蔬菜瓜果。就么着,天津爷们儿还吵闹着嘛也买不到,大把的钞票攥在手心里愣花不出去。

你问这天津卫到底出嘛?我心里有数,只是不能往外乱说,张扬出去,我就没法儿在天津待了。天津爷们儿怪罪下来,大不了我一个人拉着一家老小逃之夭夭,可天津卫还有我的老宅院,还有我的姑姨叔舅,让人家受我连累,我对不起人。

说顺听的吧，天津卫出秀才，出圣人。有人说瞎掰，你天津卫几百年没出过一个状元，到清朝政府废除科举，天津卫就没一个人上过金榜，所以直到如今天津的文庙不能开正门，你说寒碜不寒碜。其实如今天津不出状元是因为天津离京城太近，想考状元的早早搬迁进京城住去了，中了状元甩京腔他也不承认自家是天津人，白喝了天津卫的海河水，白吃了这许多年的煎饼馃子，这叫不厚道。再说天津爷们儿从来没把状元看得有什么了不起，好汉子讲的是独霸一方，状元郎不就是给皇帝老子做驸马吗？没劲儿，认皇后作丈母娘，这姑爷准不好当。

　　说不中听的话，天津卫出混混，出青皮。有这么回事没有？有。这用不着捂着瞒着，天津混混有帮有派，打起架来不要命，最能耐的叫"叠"了，一双胳膊抱住脑袋，屈膝弓背侧躺在地上，任你乱棍齐下，血肉横飞，打烂了这边，再翻过身来让你打那边，不许喊叫，不许出声，不许咬牙，不许皱眉头。为什么要这样打人？为什么要这样挨打？说不清缘由，这叫天津气派，后来时兴新潮词汇，叫作"天津情结"。

　　天津卫还总得有些独一无二的人物吧？有。这类人物只在天津能够找到，大江南北，长城内外，东洋西洋，世界各地，只在天津卫才能见到，告诉你长长见识，这类人物叫天津闲人。

闲人者,清闲少事之人也。《清会典·八旗都统》载:"自十有六岁以上皆登于册,而书其氏族官爵,无职者曰闲散某",这是指的旗人,不在朝廷当差,不吃皇粮,称之为闲散。这和天津闲人不一样,天津闲人于户籍上没有记载,自古以来,天津人大多没有固定职业,俗称没有个准事由。与天津人交有三不问:第一不问家庭地址。天津人爱搬家,一个地方住上一年半载,发旺了,到租界地去租房;人缘混臭了,又得赶忙迁居,总住一个地方的,全是窝囊废。第二不许问操何职业。除了军警宪政穿官服,铁路局、邮政局穿制服之外,其余的天津人什么职业都干,上午还在金城银号当大写,下午就到谦祥益管账去了,还有的上午卖鱼,下午拉洋车,晚上倒泔水,夜里赶晚儿去给死人念经。第三不许问收入几何。上个月收入一万,这个月保不齐就挨饿,这叫抽疯掷骰子,赚的是没准儿的钱。

那么,天津闲人到底是些什么人物呢?古之孟尝君养食客,门下中下等人,不著业次,称为帮闲。荀子曰:闲居可以养志,是以辟耳目之欲,而远蚊虻之声,闲居静思则通。这等闲人或寄人篱下,或静思修身,与天津闲人风马牛不相及,天津闲人者,就是闲人一个,一个闲人,地地道道、凿凿实实的大闲人。

天津有闲人,是因为天津有闲事,闲事多则闲人多,闲人越多闲事也越多。

前面交代过了，天津人爱打架，打架先要有人去挑，不挑打不起来，打起来了还要有人去劝，不劝打不出个结局。谁去挑？自然是天津闲人，"李爷，昨个儿南市口上新开张一家南味房，挂出招牌卖香糟牛肉。"岂有此理，李爷带上一干人等打上南味房门去。李爷姓李名顺，大号祥藻，犯了咱爷们儿的名讳，明摆着瞧咱爷们儿好欺，打！两句话不对付，真打起来了。打起来就得有人劝呀，这么着吧，香糟牛肉改名南味牛肉，李祥藻二爷每日来南味房取四斤牛肉，这才握手言和。

天津卫百业兴旺，商号一家毗邻着一家。不知哪家商号一时失于检点，夜半三更来了帮无赖将门脸粉刷一新。你当他是用油漆为你粉刷门面？那多破费呀！他用大粪，从公厕里掏来一桶大粪，连屎带尿，横一扫帚竖一扫帚刷得满墙污秽。第二天太阳出来晒得臭气熏天，倒霉去吧，闹得你三天不开张。怎么办？立即找闲人来了事。先问清是谁干的？不必费事寻访，一准是团头，花子头。这几日去他门前几个叫花子没打点痛快，小伙计无礼，将一张脏钞票隔着门槛抛了出来。佛门弟子将门后，慢待了咱乞丐帮，给他点颜色看！成全吧，东说和西说和，讲出条件，明日全天凡是乞丐来"访"，一律每人一角；外加两只馒头一碗粉条炖肉，这样才算消释前嫌，从此相安无事。你说，天津卫没有闲人行吗？

如今要说到的这位天津闲人，姓侯，名伯泰，是笔者祖上的一位老先贤，因为他在同族弟兄中排行第四十六，众人尊称他为四十六爷。天津人说话习惯省略音节，譬如将"百货公司"的"百货"二字合而为一，叫作"百——公司"，那么杨家大院，便称为杨——大院，四十六爷，说着绕嘴，日久天长，大家便只称他为四六爷。好在四六爷脾气和善，随你称呼我是什么爷全不在意，只要说话时别拍肩膀，别称老哥老弟，四六爷概不怪罪。

公元一千九百三十五年，民国二十四年，仲夏五月，侯四六爷刚刚庆了六十大寿，身子骨硬朗，精气神足壮，日月过得好不惬意，从来不懂得什么叫心腻犯愁。论门第，侯姓人家是诗书传家，书香门第，祖辈上有人刻过稿、著过书，上过前朝史传。侯四十六爷，少敏，可惜只敏到十四岁，便再也不敏了，好在家里也不难为他，愿意读书就读书，爱好丹青就画画，致使四六爷背得半部《论语》，写得一手好字，画得一手好竹，而且抚琴对弈，吟诗作赋。这么说吧，凡是文人墨客高雅的游戏，四六爷没有玩不来的。再说到财势，侯姓人家有多大财势？侯姓人家自己都不知道。若是买房产，侯姓人家虽然未必能买半个天津卫，但买条租界地没问题。四六爷二十岁过生日，正巧府上买了一条胡同，二十套大宅院，给胡同起名字，用的就是侯四六爷的大名，叫伯泰里。至今四六爷侯伯泰还住在伯泰里一号，再造一座金銮殿也不搬家，喜好的是个吉利。只是四六爷没有给侯家财势添加一根柴火棍，天津卫称这类人为"吃儿"，坐吃祖上的财产，从呱呱坠地到呜呼哀哉，一辈一辈吃白食，吃得一辈一辈弟兄肩不能挑担，手不能提篮，只以为馅饼全是从天上掉下来的。

侯伯泰大半生坐享清福，相士先生说这和他排行四十六有关系：四平八稳、六六大顺，终生终世不吃苦，不劳累，遇不上坎坷事。其实这倒不能全靠侯伯泰命中注定的造化好，最要紧的是侯伯泰心胸豁达，把世事看得透彻。什么是你对？又什么是我错？天热了一起流汗，天冷时一齐打哆嗦，对的也是一日三餐，错的一个个也没挨饿，只要不干昧良心的缺德事，马马虎虎相安无事最是聪明。至于金钱、名声、官爵、地位，哪一样也带不到棺材里去，全都是身外之物。有得便有失，有升便有沉，乱哄哄你登场来我下场，谁玩命折腾谁是大傻蛋。人生在世，不求有功，但求无过，不求吃得好，只求吃得饱，不求绫罗绸缎，只求夏有短衫冬有棉袄，不存害人之心，只求做个和事佬，天下太平，八方和好。

所以，侯伯泰大人一辈子光做好事，除了北洋军阀一场混战，侯伯泰没有劝说调停之外，其余天津卫无论什么大纠纷，没有不求到侯伯泰大人门下来的。侯伯泰不负众望，果然一出面便能使对峙双方心平气和,有的不打不成交,还做了好朋友。

如此说来,天津卫有了侯伯泰,岂不就成了亲善和睦的君子国了吗?倒也未必。侯伯泰大人对于市井纠葛从来不过问,一根葱半头蒜的芝麻谷子官司,随芸芸众生去闹,就算请到侯伯泰大人的头上,四六爷也压根儿不管,轿子马车停在门外,侯伯泰大人就是稳坐在太师椅上不动身。明摆着嘛,这类事,只该请那班晚辈末流闲人去办。

第二章

上午九点，匆匆忙忙赶到南马路居士林听法师讲了一堂经文，应诸位居士的恳求，四六爷还在佛堂上宣讲了一节《妙法莲花经》，众居士听后人人双手合十连连膜拜，心中自是钦敬侯伯泰修行有素。

从居士林出来，中午十一点，坐上自家的胶皮车，侯伯泰直奔新火车站送前湖南督军王占元乘车南行。虽说是送往迎来，但这个人不能不送，这个浮礼不能不点卯。王占元告别军界之后，寓居天津经商，开了几个洋行公司，如今他早已放下屠刀，立地发财了。为前督军大人送行，侯伯泰也觉得体面，明日报上发条消息，社会贤达侯伯泰的美名又算扬了一遭。

眼看着王占元登上南行列车，挥手告别，汽笛长鸣，火车缓缓而去，侯伯泰匆匆从火车站出来，坐上自家胶皮车，嘱咐车夫直去玉川居饭庄。车夫操起车把，一路小跑行车如飞。

去玉川居饭庄要赶个"饭局"，这个饭局不能不去，设宴的是前北洋政府总理靳云鹏，陪客有天津大律师袁渊圆。什么事？侯伯泰早猜出了七八成，大律师袁渊圆和醇亲王有亲戚关系，袁渊圆大律师见了醇亲王称姑姥爷，在众人向醇亲王施礼之后，袁渊圆还要再施一番家礼，关系自然绝非一般。如今前总理大臣设宴请侯伯泰，还同时请来袁渊圆，不用深究，其间一定是这位下台的总理要和前清的皇室拉点儿什么关系。现如今小皇帝已在关外满洲国称帝，华北局势变化微妙，传言日军迟早要进关占领平津，早早和日军扶植的傀儡朝廷拉上关系，将来一旦日军进关，免得措手不及。

唉，没办法。坐在胶皮车上，侯伯泰叹息着摇了摇头，心中很是有几分怏怏然，明知道是圈套，明知道是给人家拉皮条作肮脏交易，不情愿也不能推脱，半推半就只能逢场作戏，莫看他们今日荷锄归田，说不准哪天东山再起，赫赫然又是个人物呢。

谁料，四六爷侯伯泰坐在胶皮车上这一摇头，竟摇出了一桩事件，直闹得天津卫满城风雨，鸡犬不宁。

侯伯泰的私用胶皮车，车轱辘大，座位高，车把长。此中有讲究，天津卫市面上跑的胶皮车有两种，一种小轱辘矮座短车把，这种车在华界的只能在华界跑，在租界地的不能出租界。高轱辘胶皮车，车身背后挂着六国的捐牌，在华界和六国租界地通行无阻，而且拉这种车的车夫有权利穿黄号坎，穿上这件黄号坎就证明他注射了法租界的防疫针，打了英租界的免疫苗，种了日租界的牛痘，这么说吧，这类车夫无论进哪国租界地都不会带进去传染病。至于坐在车上的侯伯泰呢，他不穿黄号坎，也不注射各国的防疫针，但因为他乘坐着免疫车夫拉的免疫车，所以也就有了免疫证明，也算是主家沾了仆佣的光。

侯伯泰摇头之前是向左看，彼时胶皮车刚刚走上万国老铁桥，在桥头停车，法国巡捕检查，看是高轱辘胶皮车，敬个外国礼，放行。侯伯泰坐在车上摇头，脑袋向右转过来，彼时胶皮车已经行到桥中，放眼望去，桥下是一条大河。河面很宽，河水潺潺，河岸边黑压压围着一群人，人头攒动，众人正围着一个什么物什议论。

"嘛？"侯伯泰无心地问了一句。

"刚捞上来个河漂子。"车夫没有停步，只目光向桥下望望，赶忙回答侯伯泰的询问。

"嘻，这可怎么说的。"侯伯泰发了一声感叹，似是对溺水者表示同情。

也是出于好奇，侯伯泰坐在车上欠了欠身子，向河岸边的热闹处望了一眼，居高临下，桥下的情景他看得清清楚楚。

站在岸上看热闹的有五六十人，大家围成一个长圆的人圈，人圈当中，一领草席苫在一具尸体上，正好一个好事之徒将席子掀开，仰面朝天，地上躺着个大死人。这人似是溺死许多天了，身上泡成雪白的颜色，圆圆的肚子在阳光下发亮，面部五官早腐烂了，一群苍蝇嗡嗡地在上面飞，只看见是个大光头、大胖脸，模糊不清的脸皮令人作呕。

"呸！"车上的侯伯泰恶心地吐了一口唾沫，忙转过脸去，悔恨自己不该细看这种不祥景象。车夫领会主家的心意，急着快跑几步，拉着侯伯泰过了万国铁桥。

胶皮车停在玉川居大饭庄门外，侯伯泰并没有立即从车上走下来，刚才因为看见河漂子淤在心间的腻味劲儿，直到此刻还没有化开。这个饭局若不是前总理大臣设宴，若不是关系着华北政局和众人安危，四六爷一准要只道个"常"，施礼便走。今晚上他是一点儿胃口也没有了，无论什么山珍海味也咽不下去，一合上眼睛就似又看见了那个雪白雪白的大死尸，光亮滚圆的肚皮总是在眼前打晃。

"四六爷闲在。"

侯伯泰正坐在车上犹豫发呆，迎面一个汉子走过来，冲着侯伯泰拱手作了一个揖，这人四十几岁年纪，白净脸，脸庞又圆又平，活赛是切成片儿的大苹果。他身穿着褐色春绸长袍，上身着紫色缎子马褂，一顶礼服呢礼帽端端正正顶在头上,鼻梁上架着一副圆形水晶养目茶镜,语音有些尖细,斯文得有些忸怩,手里拿着一把大折扇,忽而刷地展开来,忽而刷地合拢上,大折扇一面画着山水,另一面行云流水地写着一首竹枝词。

"鸿达,你这是去哪儿闲逛?"

侯伯泰比这位鸿达先生长着二十多岁,论辈数,自然不称他什么爷,什么兄,只是直呼其名;论身价呢,这位鸿达先生更压根儿不能和侯四六爷比,差着十万八千里呢。

鸿达先生姓苏,人称苏二爷,在天津卫,这位苏鸿达二爷只能算是个末等闲人,挑不起来大乱,也成全不了大事,只是每日跟着瞎惹惹,敲锅边架秧起哄,每日混口帮闲饭吃。去年冬天,本来要请侯四六爷出面调停的兴隆颜料局纠纷,侯伯泰不接手,这才轮到苏二爷出面,也不知他后来得了多少便宜。

"赶饭局?"苏鸿达见侯伯泰的胶皮车停在玉川居门外,知道四六爷今日又有一餐美味佳肴,便满面春风躬身站到侯伯泰身旁,只等四六爷说一句:"一块儿来吧。"那时他便会跟在四六爷身后大摇大摆地走进玉川居,这玉川居的红烧燕翅,苏鸿达还没吃过呢。

"今日的这个饭局,你就别陪了。"侯伯泰轻轻地拍了拍苏鸿达的肩膀,似是为自己不请他作陪客致歉。"政界的朋友,说话有不方便的地方。"侯伯泰还是向苏鸿达又作了解释。

"不打扰,不打扰,我是从这儿路过。"苏鸿达摇着折扇为自己辩解,似乎遇见侯伯泰完全是偶然。说来也怪,苏鸿达专门在饭庄门外遇见熟人,每日中午、晚上,开饭前他总是在各家饭庄门外闲逛,十次有九次能蹭餐饭吃,都是别人请客,你拉着我,我拉着你,彼此都有个关照。

踱着四方步,侯伯泰缓缓地向玉川居走去,漫过苏鸿达身边时,他嘟嘟囔囔地说着:"若不是总理大臣的饭局,今日我是嘛也吃不出滋味来了。"

"四六爷油腻太厚了。"苏鸿达讨好地接茬儿说,直到此时他还抱着一线希望,盼着侯伯泰一时来神儿捎带脚将他领进去,今日中午他故意在玉川居门前闲逛,等的就是这顿饭。

"嗐,别提多堵心了。刚才过万国老铁桥,你猜我往下边瞅见嘛了?"侯伯泰说话时还皱着眉头。

"撒网的?"苏鸿达献媚地说。

"那多吉祥呀,网网有鱼,有别扭吗?"

"摸鱼的?"说话时,苏鸿达小步随在侯伯泰身边,再有几步一同溜进玉川居大门,侯四六爷就不好意思往外推他了。

突然，侯伯泰停住脚步，他侧过身来脸对脸地冲着苏鸿达述说道："大河漂！死尸！挺在河岸上，苫着席，正好我往下瞅的时候，有个多事鬼把苫的席子掀起来了，让我看个满眼。呸，这个丧气！"

"这可怎么说的，这可怎么说的。"苏鸿达连声解劝，刚想再说句什么，再抬头，侯四六爷不见了，只听玉川居大饭庄里一声喝喊："侯大人驾到！"玻璃大门吱扭扭地摇晃了一下，侯伯泰连影儿都看不到了。

玉川居大饭庄，三层高楼，灯火辉煌，雅士满座，一进门就扑面袭来一阵火爆劲儿。立在前厅迎候侯伯泰的茶房师傅恭恭敬敬地向侯大人打了个千儿，叭叭两声响，一左一右将挽在手腕间的袖口抖下来，干脆利索，带着十二分的精气神，返身引路上楼，又是一声喝喊："步步高升啦，侯大人。"

步步高升，一级一级地走上二楼，二楼大厅门外，前总理大臣靳云鹏和大律师袁渊圆早闻声出来迎候，寒暄施礼，分宾主次序进入大客厅，让坐，问安，前总理大臣亲自带来侍候饭局的女童子早送上来托盘茶盅盖碗。好一盅清香的碧螺春，掀开碗盖，细细的茸毛正在水中漂动，送到鼻子前嗅一嗅，冲淡一路的疲倦，合上碗盖，女童子将茶盅托走。前总理大臣这才说道："承蒙侯大人屈尊俯就，翼青不胜荣幸，不胜荣幸。"靳云鹏字翼青，在侯伯泰面前，他都带着几分谦恭。

"总理大臣提携,伯泰只能从命。"

哈哈哈哈,自然是宾主齐声欢笑。

袁渊圆大律师中间凑趣了几句闲话,三个人在沙发上落座。依然是女童子走进来,每人座前摆上了两品下马小吃,下马小吃是酒席前的开胃小食品。今日摆上来的两品小吃,第一品是冰糖槟榔薄荷,缕花雕刻的银盘,一层冰块,一层冰糖,中间放着一枚槟榔,四周镶着薄荷瓣,说是一盘小吃,明明是一朵鲜花,看着就令人心旷神怡。第二品是每人一盏几乎透明的薄瓷盅,里面碧绿的茶水中泡着两枚雪白的鹌鹑蛋,这叫龙井玉圆,一股山香水香花香草香冉冉飘升,立时满屋里都变得幽香怡人。

捏着象牙牙签吃了一片薄荷,啜了一口龙井茶,用小银勺捞起一只鹌鹑蛋,两品小吃尝过,侯伯泰早把万国老铁桥下边的那具河漂子忘到了九霄云外,此时此际他只盼着早一步被让进内厅,那儿一席酒宴早已摆好,想着那诱人的山珍海馐,侯四六爷已是垂涎三尺了。

玉川居里侯四六爷正在燕窝鱼翅地大饱口福,玉川居外,苏二爷正在垂头丧气地扛刀闲逛。

扛刀者,挨饿也。天津卫一半人吃了上顿没下顿,说吃不上饭太难听,有伤大老爷们儿的脸面,说"扛刀",似周仓,看着关老爷享尽荣华富贵，自己只扛着大刀一旁站立。苏二爷扛刀，是常事。他虽然正在年轻，一身子的力气，一肚子的坏下水，在天津卫混事由，他本来也能吃香的喝辣的；但他生性好闲，干嘛也没个常性儿，而且他最厌烦按时间给人家当差，什么早晨清扫门面，卯时开门营业，哪是咱们爷们干的！一个翻身觉睡到中午十二点，起来漱口刷牙打呵欠，又一个瞌睡，下午四点才来精神。吃什么饭？不知道，缸里没米，袋里没面，灶里没柴，穿上长衫往外走，碰上谁吃谁。所以他专门爱去饭店门外闲逛，这叫打野食。

偏偏今天侯四六爷不开面，将自己"干"在了饭店门外。平日侯伯泰可不是这类人，几时在饭店门外遇见苏鸿达，准准的拉他一同赶饭局，苏鸿达半推半就，含含混混地说着："你瞧，这多不合适，我还，我还……"侯伯泰可是一腔真情："鸿达，今天这点儿面子你得给，无论什么要紧的事，你也得陪我这一场，全是外场人，嘛叫合适不合适呀！"这么着，苏鸿达每月准陪着侯四六爷吃半个月的酒席。

今日算"崴"了，看意思是真要扛刀挨饿了。悔不该来玉川居门外闲逛，玉川居是摆大宴的地方，说不定自己有摆不上高台面的地方，还不如去天一楼、恩来顺去闲逛，牛肉馆门外碰见个卖估衣的，也能吃顿清汤面。如今可怎么办呢？肚子咕噜噜叫，口袋里连买个烧饼的钱都没有，再去小饭铺吧，倒是能遇见熟人，只是人家此时早酒足饭饱，正剔着牙从饭铺往外走着呢。

唉，苏鸿达败兴地叹息了一声。胡思乱想中信步闲逛，鬼使神差，苏鸿达发现自己不知怎么东绕西拐，此时此际，身子已来到了万国老铁桥。哦，他想起来了，刚才四六爷说过万国老铁桥下面挺着个河漂子。手扶着桥栏杆往下望去，嘻，黑压压一大片，人山人海，少说也有千八百人。天津人真是爱看热闹，好歹有点儿什么芝麻谷子热闹，一围上来便是几百几千人，常常闹得交通断阻，急得去医院瞧病的人嗷嗷叫。

按道理说，苏鸿达此时没有闲情去瞧这份热闹，他肚子还饿着呢，找地方去好歹讨碗粥喝是正经。可是，看看热闹也许就把肚子挨饿的事忘了，消磨消磨时间，晚上早早地去个小饭铺，门外溜达溜达，抓着个大头，两餐饭合成一餐饭吃，这叫一顿不揭锅，两顿一般多。

走下万国老铁桥，走下河岸，从外层人群挤进去，东推西推，一步步地往里钻。有人不好惹，没好气地戗苏鸿达："抢孝帽子呀！"苏鸿达不争辩、不抬杠、不拌嘴，只是侧着身子往中间蹭，一层人群、一层人群，费了九牛二虎之力，出了一身汗，鞋掉了，帽子歪了，足足用了半个钟头，苏鸿达终于挤到了人群中心，双手扶着膝盖，他和这具死尸面对面只有三尺的距离了。

第三章

"哎哟,面熟呀!"

苏鸿达惊讶地喊出声来。

咔嚓,咔嚓,人圈正中央,小报记者们正忙着拍照。为了查明死者身份,他身上的每一处地方都给翻遍了,什么牌牌什么本本也没有,只穿着白线袜子,阴丹士林布的中式裤子,红布裤带,断定死者不是二十四岁,就是三十六岁,正在本命年。面部五官已是腐烂了,看不出是单眼皮还是双眼皮,嘴巴子的肉早烂了,露出来的后槽牙少了一颗,旁边还有一颗金牙。

"这位先生,这位先生……"

苏鸿达刚说了一句面熟,几十位记者扔掉死人,忙围过来问活人了。镁光灯一闪一闪,上上下下前后左右,不多时早给苏鸿达照了几百张照片,比给死尸照得还多。有的记者更是忙打开小本本,挤过来就向苏鸿达询问:请问先生尊姓大名,哪行恭喜,死者是你的亲戚?朋友?同乡?同学？同事……

苏鸿达不理睬小报记者的询问，他仍然双手扶着膝盖，半躬着身子细细地端详这具死尸。看一阵咂咂舌头，看一阵在鼻腔里哼出点儿声音，看一阵皱皱眉头，他似真发现了什么。

"你瞧，本家弟兄认尸来了。"看热闹的人们发出了议论，旁边又有位见多识广的人物议论："不像是手足弟兄，沾上一点儿亲的，他要先哭后认人，你瞧，这位爷没泪儿。"

苏鸿达确实没有眼泪。他围着这具死尸打转儿，先站在死尸脚下，细细地从头往脚端详，再站在死尸的头顶，细细地从脚往头顶端详，死尸身上散发出一股恶臭，成群的苍蝇飞起来又落下，苏鸿达似是丝毫没有觉察。周围看热闹的人见苏鸿达一副认真的样子，便一个个全屏住了呼吸，唯恐一点点声音打乱了这位爷的思绪，误了辨认死者的大事，给天津地面又添了一个野鬼。

凭那一身被水泡得膨胀的烂肉，苏鸿达能辨认出什么来呢？与其说他此时此际是在回忆自己亲朋的一副副面孔，不如说他是在琢磨从这具死尸身上能捡点儿什么便宜。大便宜是捡不到呀，能有人管顿中午饭就行，苏二爷此时此刻肚子正咕咕作响呢。

"哎呀！是他？"

故弄玄虚，苏鸿达自言自语地叨念，声音不高，让人能够听得见，又不能让人听得太清。故意地，苏鸿达还抖了抖双手，好像为某位知己的落难表示惋惜。

"先生，先生！"呼啦啦，小报记者早把苏鸿达围住了，有人拉他的胳膊，有人抓他的衣襟，还有人用力地往外挤别人，好从苏鸿达身上抢独家新闻，更有人一侧面孔堵在苏鸿达的嘴巴前面，等着他一出声，立即便是一条消息。

"嘻！"苏鸿达深深地叹息一声，冲着尸体又嘟囔道，"若不是有点儿闲事，我该送你回家就是了，多喝了几盅酒，有嘛过不去的事？天津卫，还能没咱爷们儿的活路吗？"

"先生，先生，请你说清楚，死者姓名、籍贯、职业、履历、死因……"一个记者抢先抱住了苏鸿达，一张名片递过来："晨报主笔，我现在聘任你为本报特派记者……"

苏鸿达才不买这些野鸡小报的账，他没好气地把众人推开，返身就往外走，"我该用饭了。"

"洋车，洋车，两辆，登瀛楼！"晨报主笔追着苏鸿达从人群跑出来，不讲价钱当即雇好两辆胶皮车，绑票一般先将苏鸿达塞进车里，自己又登上第二辆车，车夫跑起来，风一般地直奔登瀛楼大饭庄而去。

"先生，先生！"胶皮车后面，还有一帮小报记者追赶着，一个个跑得满头大汗。

一道全拼什锦，一道红烧大肘海参，一盆醋椒鱼，苏鸿达介绍说自己一日之中就是中午胃口好，早点一杯牛奶，晚上一份三明治，中午能吃头牛，不客气，不客气，苏鸿达挽袖，埋头，狼吞虎咽地吃将起来。

晨报主笔并不急于向苏鸿达探听消息，他将雅座单间的房门关牢，嘱咐堂倌万不可泄露自己正在这里宴请挚友。斯斯文文，他先对晨报和本人的种种情况作了一番介绍："晨报为华北第一大报，资金雄厚，言论自由，凡属当今名流皆为本报撰稿人。本人姓严名而信，言而有信之谓也，主持正义，思想维新，忧国忧民，服务社会，为民众立言为本人第一要务。先生屈尊与晨报及本人合作，必定会身价倍增，且能结识许多当今名士社会贤达，上至前民国大总统徐世昌，前国务总理靳云鹏，津门宿儒侯伯泰大人……"

"好吃，好吃。"苏鸿达将红烧肘子翻过来，两根筷子横着将大块精肉叉起来，张开大嘴，"刺溜"一声便将半只肘子吞进了肚里。"你不就是想知道那个河漂子是谁吗？"

"不急，不急，事情要原原本本地讲。"严而信打开采访本本，握好钢笔，作好了采访记录的准备。

喂饱了肚皮，苏鸿达才发现自己惹了麻烦，你说那个死尸是谁呢？现如今可不和在河岸边一样了，那时可以装神弄鬼，故作玄虚，此时自己吃了人家的饭，倘再说自己压根儿不认得那具死尸,晨报主笔,报棍子,那是好惹的吗？一努嘴,叫来几个凶汉,编派你吃白食,瞧不把你肚里牛黄狗宝掏出来才怪。

"这个人是谁呢？"苏鸿达托托腮帮子自言自语地说着,"大肚子,虽说是河水灌的,可平常人的肚子绝灌不了这么大,大高个,宽肩膀,秃脑门,镶着一颗金牙……"苏鸿达一一地回忆着死尸的种种特征。

"请问尊姓大名？"

"苏鸿达。哦哦,是我叫苏鸿达,别往本本上记,这可开不得玩笑,明日消息发出去,苏鸿达投河自尽,得,债主子们非发疯了不可,哦,我是说欠我钱的那些人说该不还债了。"

"苏先生哪行恭喜？"严而信问道。

"闲人一名。"苏鸿达回答得潇洒自如。

"福气,福气。"严而信连声恭维。

堂倌送上来一壶香茶,杯盘收拾干净,严而信要听苏鸿达说正题了。

苏鸿达从衣襟口袋里取出怀表,咯噔一下按开表盖,和昨天晚上一样,还是十点欠一刻,一直没走动,立即合上,又揣回怀里,转动眼球望望严而信的大手表。"哦,都过午两点了。"苏鸿达抹着嘴角说。

"我的表慢。"严而信忙解释说。

"我的表也慢。"苏鸿达赶忙也说。

"苏先生必是不愿透露死者的姓名。"严而信看苏鸿达吞吞吐吐，才迎头出击地说着，"本馆可以对此保守秘密，可以先把事件原委向社会渗透，造成一种疑惑，大家就更想知道内情，十天半个月后再稍作暗示，这期间可以招来许多广告……"

"我也没时间陪你十天半个月，我这人脾气爽脆，快刀切豆腐……"

"好，痛快，痛快，我严而信也对得起朋友，一次两清，你讲明事情原委，我当即付清八元大洋……"说着，严而信就打开了大皮包。

八元大洋，苏鸿达的心动了一下，只是随着又是一沉，这具死尸往哪本账上靠呢？一个人不可能平白无故地跳大河。说是躲债，你苏鸿达何以认识这路穷鬼？说是花案，他的桃色事件你如何知道？怎么办？往哪本账上靠呢？心急如焚，苏鸿达一时乱了方寸。突然，他的眼前一亮，好呀，一条妙计闪过心头，他像是落在水中见到一根枕木，大难之中，他得救了。

"老龙头火车站旁边有一个隆兴颜料局……"苏鸿达早先只和那么个地方有过纠葛，他给隆兴颜料局了过一场官司，隆兴颜料局掌柜陆文宗对他不起，钱看得太死，没让他得什么便宜。

"有!"严而信是何等的精明,一点即破,叭地一声,重重地拍了一下桌子,他心领神会了。"好痛快的苏先生,相见恨晚,从今以后你我引为挚友,有事没事只管去报社找我,三百二百的手头不宽裕,只管去报社支取,每周四晚上报社在登瀛楼这里有聚餐会,苏先生得便请赏光出席,这里,八元现钞请收下,聊表敬意……"说着,严而信将八元钞票推到了苏鸿达的面前。

苏鸿达呆了,他不知道眼前发生了什么事,自己不过东拉西扯,羊胯骨往牛腿上拉,勉强先从隆兴颜料局上扯,谁料严而信竟似得到了什么秘密新闻,一桩交易就这样做妥了。"我苏鸿达立身社会只知'信义'二字,这不明不白的酬劳,是不能接的。"信手,苏鸿达将八元钞票又推了回去。

"不成敬意,不成敬意。"严而信还是把钱推给了苏鸿达,"我早就料到要出事的,这许多天来我留心各方动态。果然,冤有头,债有主,报应到头上来了。"

"严主笔把话说清楚。"如今是苏鸿达请求严而信说缘由了。

"苏先生讲的隆兴颜料局,掌柜陆文宗,山西人,对不对?手黑,对不对?钱把得紧,对不对?拿钱不当钱,当命,对不对?"

严而信问一句,苏鸿达点一下头,只是他不明白这和河岸上挺着的死尸有什么关系。

"半月之前,隆兴颜料局在本报刊登了一则声明,原文我记得:为声明事,我隆兴颜料局原总账乐无由先生于日前突然出走,今后凡乐无由先生在外一切行为均与本颜料局无关,并自登报声明之日起,断绝本颜料局与乐无由先生的一切关系,今后乐无由先生在外一切升降荣辱概与本颜料局无关,谨此周知,年月日。"

"那又怎么样?"苏鸿达追问。

"那又怎么样?乐无由先生如今投河自尽了,吃人命官司吧,老西儿。"严而信说得眉飞色舞,不必询问,那山西财阀陆文宗必是早被严而信盯上,如今该敲他的竹杠了。

…………

怀里揣着八元大钞,晕晕乎乎,苏鸿达来到东方饭店,找他的相好俞秋娘共度良宵。

俞秋娘芳龄二十四岁,不过也有人对此提出质疑,五年前俞秋娘由扬州来到天津单枪匹马混事由,当时的年龄就是二十四岁,何以这一连五个年头她就不长年龄呢?真是少见多怪了,天津卫这地方越活越年轻的还多着呢。

俞秋娘的年龄几何,并不重要,反正姿色不减当年就是了,容貌,身材气度,神采,全是二十郎当岁的货色,人家不报二十岁，岂不吃了大亏？倒是俞秋娘的事由才真值得研究，俞秋娘一不登台献艺，二不下海伴舞，更没有丫鬟使女陪伴，就一个人在东方饭店包着房间闲住，哪位大爷有这么大的财势养着她？人家才不稀罕。俞秋娘凭本事靠能耐，人家干的营生只赚不赔，什么营生？说出来你未必明白——放鹰。

打猎？胡扯去吧！胳膊上架着一只秃鹰，荒草地里去蹚兔子？太输面儿了，不明白的事别瞎充大学问，让有身份的人听见了，惹人笑话。那么，放鹰又是一种什么职业呢？天津卫老少爷们儿笑了，这其中有猫腻。

所谓放鹰，就是坑人，瞅冷子看准了门路找准了大头，正儿八经地也禧呀禄地嫁过去，多则三月五月，少则三天五天，卷个包儿跑了，扯个题目散了，刮净你所有的财物，俞秋娘再回到东方饭店来，吃香的喝辣的，至少过三年好日月。

对于苏鸿达，俞秋娘没有一丝情意，走南闯北，见过的经历过的多着呢，谁会将个不成器的苏鸿达看成人物。不过他偶尔来东方饭店玩玩，十元八元，也能赚点儿碎银子作胭脂钱。今天，外厅里清脆地咳一声，俞秋娘懒洋洋地没起身迎接，苏鸿达早得意洋洋地走进来了。

"泡壶茶喝吧。"苏鸿达理直气壮地将四元现钞放在了桌子上。

"哼！"俞秋娘鼻腔里哼一声、眼皮儿也不撩一下，酸溜溜地说:"马路边上喝大碗茶去吧，是人不是人的也来这儿跟你娘起腻。"说着,俞秋娘用粉红帕子拭了拭嘴角,嫣然一笑,苏鸿达的魂魄早被勾走了。

"那只是水钱,买茶的钱在这呢。"说着,苏鸿达又将两元钞票放在了桌子上。

"痛痛快快,你就全掏出来吧,别等着我动手,当心撕了你的行头。"行头,指的是苏鸿达身上穿的这件长衫,撕破了,自然就没的换了。

"全在这了。"苏鸿达无可奈何地将最后两元钱掏出来,乖乖地放在了桌上。

"又管了宗什么闲事?"半躺半坐地倚在床上,俞秋娘将手帕在指间缠来绕去,娇滴滴地向苏鸿达询问。

"这事,太哏了。"苏鸿达来了精神,炫耀自己的能耐,说得眉飞色舞。"愣从死人身上挤出来了二两油,能耐大了,这叫本事。你说他像谁?说他像谁他就是谁,大河漂子,泡得鼻子眼睛的嘛也看不清了,那个恶心人呀,我刚往隆兴颜料局上拉,人家大主笔就编好了新闻,我算明白了,这大实话全是这么收搜出来的。"接着,苏鸿达将事情一五一十地向俞秋娘仔细地讲述起来。俞秋娘听着,不时地发一阵感叹,似是赞赏苏鸿达的乖巧,又似是在打什么主意。

"茶呢?"说得口焦舌燥,苏鸿达才想起要茶喝,这时俞秋娘欠了欠身子,对苏鸿达吩咐道:"你去找茶房,让他送一壶香片来。"

"回来再跟你细谈。"苏鸿达起身一面往外去,一面还回身冲着俞秋娘做鬼脸,暗示她后面的故事更开心。走出俞秋娘的房间,找到茶房,吩咐过要一壶香片之后,苏鸿达又回到俞秋娘的住房,再推门,门从里面关上了。

"秋娘,秋娘。"无论苏鸿达如何拍门,门里一点儿声音也没有,急得苏鸿达直跺脚。"我的礼帽,礼帽。"

吱扭一声,小窗子突然从里面拉开,一阵风儿卷起,苏鸿达的礼帽从窗里被抛了出来,待苏鸿达赶到窗前才要争辩,当地一下,小窗子又牢牢地关上了。

"这叫嘛事,这叫嘛事呀!"气急败坏,苏鸿达返身往楼下走,迎面正好遇见送茶的茶房师傅走上来。

"苏二爷,您的茶。"

"拿个碗来,我在这儿喝两口吧,可把我渴死了。"

第四章

"买报瞧,买报瞧,种棵葫芦长出个瓢,吃包子咬破了后脑勺,开洼地里的蛤蟆长了一身毛!"天津卫的卖报童子,清一色身高一米五,骨瘦如柴,面带饥色,只要大布袋里还有一张报没卖出去,他就不停地扯着嗓子喊叫。

"买一张《晨报》。"从来不看报的苏鸿达,今日破天荒买了份《晨报》,为此,他还起了个大早,早早地来到大马路口,等着第一个向他跑来的报童。

"报端一则除名广告,河边一具无名溺尸"头版头条,一号黑体字标出了头条社会新闻。苏鸿达心里抖了一下,缺德,全是自己为了混一顿午饭,才把隆兴颜料局和这具河漂子扯到了一起。合上报纸,喘匀了气儿,他在心中暗自为自己解脱。其实呢,他只是东拉西扯地拉闲白,压根儿他也没想给隆兴颜料局栽赃,只是严而信肚子里一挂坏杂碎,你只要有点儿风,他立时便成雨,大雨成灾,不知就把谁毁了。

"海河水上巡警局于日前捞起一溺水男子,据某不肯透露姓名的辨认者称,此人生前曾供职于本埠某商号任总账,五日前该商号登广告与此公脱离关系,并称该员不辞而别,其日后一切所为皆与商号无干云云……"

阿弥陀佛,严而信笔下留情,他只称苏鸿达为"不肯透露姓名的辨认者",否则真说不定会惹出些什么麻烦,而且他也没往隆兴颜料局上引,"某商号",天津卫商号多着呢,天天有人登广告除名职员,往哪儿查对去?

一片云团消释,苏鸿达压在心头上的石头也搬下来了,沿着马路闲逛,他又得为今日的午饭想辙了。

"苏二爷!"才闲逛了一个多小时,刚走到南市口上,正惦着临到饭口之前该去哪家饭店门外"站岗",冷不防迎面一个人走过来,拱手作揖,满面春风地和苏鸿达打招呼。

苏鸿达心头一颤,倒霉!真是不是冤家不相逢,你道站在南市大街口上等苏鸿达的是哪一位?隆兴颜料局的掌柜,陆文宗。

陆文宗人长得精瘦,一双眼睛炯炯有神,寿星眉毛,细眼睛,大鼻子,鼻头微红,宽嘴巴,明明是吃好东西的福相,只因为节衣缩食总是吃不足,嘴角耷拉下来,带上三分倒霉相。

"陆爷闲在。"苏鸿达忙着向一旁躲闪,"我这儿有个约会,了一桩闲事,咱们改日谈,改日谈。"说着,苏鸿达就想溜。

"苏二爷,文宗在此恭候多时了,鸿顺居的座订好了,牛肉蒸饺。"陆文宗横移一步挡住苏鸿达的去路,一扬胳膊,正好从怀里掉下一张报纸,陆文宗忙俯身去拾《晨报》。

苏鸿达不得不停住脚步,若说去鸿顺居,时辰这么早实在不合算,多溜达几处准能碰上比牛肉蒸饺实惠的地方。可是人人都知道陆文宗抠门儿,他请你吃牛肉蒸饺比皇上为你摆满汉全席还有面子,据颜料局的伙计说,平日隆兴的大锅饭就是窝头菜汤,掌灶的是陆文宗的舅子,汤里面保证不见一星油。

推脱不开,苏鸿达只得随着陆文宗走进了鸿顺居,还真够派儿,餐桌上居然摆了酒,四样酒菜:水爆肚、羊杂碎、花生米、菜心。

"有一宗闲事要麻烦苏二爷。"陆文宗开门见山,头一巡酒刚下肚,他便将那张《晨报》展开,放在了苏鸿达的面前。

"嘛事?"苏鸿达瞧也不瞧那张报纸,"没一句实话。"一语道破,苏鸿达作了最后裁决,"瞎掰,大睁白眼地糊弄人。"

"是的,是的,是的么!"陆文宗连连随声赞同,"若为这野鸡小报的一派胡言,我也就不麻烦苏二爷了,只是今天早晨,《晨报》刚刚印出来,河岸边便来了个女子,哭天唤地,硬认那具无名男尸是她的夫君。"

"啊!有这事?"苏鸿达将举到半空中的酒杯又放在了桌上,惊愕得半天没说出话来。"来了个小媳妇儿?"苏鸿达举着筷子指点着陆文宗的鼻子尖问道:"她说那个河漂子是她的爷们儿?她是那河漂子的娘们儿?咦,咦,咦,真是年头改良,嘛哏儿事都有呀!"说罢,苏鸿达自己笑出声来。

"玩笑不得,玩笑不得。"陆文宗一本正经地对苏鸿达说着,"一旦事态闹大,便是一宗人命官司呀!"陆文宗目光中闪过一道疑惧,立时,他又一拍桌子,声色俱厉地说,"不过,我不怕。第一,谁能断定这具无名男尸就是本颜料局日前辞退的乐无由?第二,他乐无由不辞而别,即使是投河自尽,也与木号无关。第三,乐无由在本号供职时,从未向人透露妻子在津居住……"

"陆爷,别往下说了,这事我明白。"苏鸿达摇着筷子打断陆文宗的话,做出一副诡诈的笑,他压低声音说,"这事,只能私了。"

"对,俄(我)就是只(这)个意思。"陆文宗一口山西腔,说得倒也果断。

"嘛心气儿?"苏鸿达神秘地追问。

"啥叫嘛心气儿?"陆文宗不懂。

"打算破多大的财?"苏鸿达仔细解释。

"只(这)个数儿。"陆文宗习惯地把衣袖拉下来,伸过胳膊将苏鸿达的一只手罩进自己的袖口里,两人的手在袖口里各自捏着对方的手指头。

"太少,太少!"苏鸿达狠狠地摇头,"我说和事也不能光摆牛肉蒸饺呀,再说,我若是不管,让你去请侯四六爷,光见面礼就是四百。没门儿,没门儿,陆爷另请高明吧。"

"再加个一!"陆文宗说得咬牙切齿。

"再加个二!"苏鸿达寸土不让。

"好,一言为定!"陆文宗狠狠地掐了苏鸿达一下,二人算是谈成了交易。

当即,陆文宗给了苏鸿达一些现钞,苏鸿达答应就去河岸边了事,并且约定,晚上还在这儿见面,只是酒菜要添四个热炒。"放心吧,陆爷,这事包在我苏鸿达身上,凭苏二爷的三寸不烂巧舌,保你天下太平!"

……………

"我的天呀!我的那个亲人呀!我的那个两小无猜、青梅竹马、父母之命、媒妁之言的结发夫君,当家的人呀——"

哭丧,在天津卫算得上是一门艺术,哭丧的人既要有鼻涕有泪有真情实感,还要有泣有诉有清醒头脑有来龙去脉有故事情节;会哭的能一句连一句地哭上四个小时,即兴表演的哇哇两声也要使举座震惊;声调要有抑扬顿挫,有板有眼,有腔有调有韵味,神态要有悲有痛有水袖身段,有捶胸顿足手拍地,到了关键处还要撞墙碰碑有招有势。哭丧,那是一宗学问。

海河岸边，万国老铁桥下面，成千上万的人围成里三层，外三层，人群中央，一个披麻戴孝的青年女人跪坐在那具河漂子的身边，抬手轻轻地拍打着盖在死尸身上的席子，另一只手攥着条白布绢子，声声血泪，她哭得好不痛心，感人处，连围观的人都在轻声饮泣。

"我的天呀，我的那个亲人呀！你一撒手不管不顾，抛下妻室水深火热，你可让我怎么活呀！"先交代完自己和死者的关系之后，再说明死者溺水纯系自杀，进而就要叙述本事了。

"天理良心，咱没做下伤天害理的事呀，一步一步脚印，丁是丁卯是卯，不贪赃不枉法，咱世世代代都是本分人呀。恨只恨你心善错将歹人当知心，我早劝你不能吃他那碗窝囊饭，财迷老东西把人看成贼，人越给他卖命他越说你贪心，到头来他反目无情，逼你走投无路，这才寻了短见呀！"言简意赅，只十几句话便将事情梗概叙述得清清楚楚。"逼死人命，暗箭伤人，他心毒手狠，丧尽天良呀！我的夫君，为妻我决不能让你蒙受这不白之冤，不闹个水落石出，我死不瞑目，这场官司我是打定了呀！"果不其然，这位女子是要打官司了。

在人群外，苏鸿达暗自盘算该如何调解这桩事件，不过是一具无名的河漂子，若没人看见，顺流而下也就早没事了，偏偏被人捞上来，又由自己顺藤摸瓜扩大了事态，半路上杀出个程咬金,居然人家的妻子出来了,天津卫的事真是要多邪门儿有多邪门儿。如何调解,不外就是一个钱呗。"老少爷们儿闪开些,我是受人之托了事来的,大事化小,小事化无,事情闹大了,天津卫老少爷们儿都不光彩,借光,借光。"

说着,苏鸿达使劲儿地往人圈里边挤,众人见终于来了位"大了",自然都忙给他闪出一条道路,何况天津人历来尊敬"大了"这类人物,因为凡事只要有这类人物出面,就一定能迎刃而解,"了"者,了结之意也。大了,便是包揽调解万般纠纷的民间和事佬。

"这位大嫂,"苏鸿达终于挤到人群当中,向着哭丧女子深深作个揖,十足的规矩板眼,掸掸长衫,正正礼帽,面无嬉笑,一本正经,他是说和来的。"哎呀,烈日之下,荒凉河边,这半日悲痛欲绝,也着实令我等不忍,如家在本埠,我雇辆洋车送您回府暂先休息,这位先人我也找杠房料理收尸,有什么话,您找出人来,我苏鸿达保证秉公调处……"

"我也不活了!"

一见有人出面调解,那女子立即纵身跳起,发疯一般地就往河里钻,众人见她要寻短见,立时合拢来挡成一道人墙,"扑通"一声,那哭丧的女子迎面栽倒在了地上。

苏鸿达追上去才要搀扶,想到男女授受不亲,他又停住脚步。就在他俯身过去要再劝解两句的时候,他心中暗自惊叫了一声，我的天爷，这位哭丧的女子你道是谁？原来就是单身住在东方饭店混事由的俞秋娘！

"大、大、大嫂。"如今这出戏是只能往下装腔作势地唱了，只是苏鸿达有些口吃，他的双手呆滞地绞在一起，他变得怯阵了。"事情嘛，已经到了这步田地……"结结巴巴，苏鸿达赶紧现编台词，暗示俞秋娘自己保证不砸锅，假戏真做，顺水推舟，大家心里明白，不外是想敲陆文宗一笔钱财罢了。"来日方长，您还得往宽处想，事有事在，理有理在，天津卫这地方不能让好人受气，不能让善人吃亏。想打官司，天津卫有大法官，有大律师，三年五载，十年八年，打胜了百八十万的赔偿，您后半生也不至于再过清苦日子；想私了，只要你出个口，往来交涉，最终绝不能让您委屈。不过呢，依我苏某人的一管之见，打官司要有财势有靠山，凭您一个弱女子，怕也难支撑这么大的场面……"

"我不活了，我不活了！"

突然，俞秋娘从地上发疯般地跳起来，推开挡在面前的人墙，喊着叫着地就往河里冲，众人见状慌了手脚，也顾不得男女有别，忙紧紧地将她抱住。

"崴了，这事算闹大了。"

苏鸿达无可奈何地叹息一声，心中暗想，俞秋娘呀俞秋娘，你的胃口也太大了。

第五章

"俄(我)就不信只(这)个羊上树！"陆文宗狠狠地拍了一下桌子，怒气冲天，他冲着苏鸿达挽起了袖子。"凭她一个孤单女子，居然要和我隆兴颜料局为敌，打官司，请律师，我陆文宗等着看她的能耐！"

"陆爷，陆爷。"还是想从中调解的苏鸿达，仍然面带笑意地好言相劝，"你有那份财力，只怕没那份人力，一场官司要三五年，有这时间你好生经营颜料局，哪儿赚不出个万八千的？我看，钱财上看开些，两千元，包在我身上，怎么样，痛快不痛快！"

"二百，多一个钱没有。"陆文宗是个舍命不舍财的人物，他从生下来至今，和外界交往没超过二百元的大限，这次自然也不能破例。

"你说是乐无由的婆姨，凭据哩？保媒的帖子、成亲的文书，你拿得出来吗？乐无由来无影去无踪，正因为他没有根基，我才不敢留用，山西会馆不认得这个人，闽粤会馆不认得这个人,满天津卫没这个人的户籍,他一个人还道不清个来由,咋着又出了家室?"

"那全是后话,现今眼时话下,陆爷不可怄气犯拗,和为贵,忍为高……"

"我不和了也不忍了,走着瞧,是祸是福我一个人担了。"陆文宗横下一条心,坚决不吃这宗哑巴亏,一屁股坐在木椅上,他是一点儿商量余地也没有了。

"那,那,恕我无能为力了。"苏鸿达深深叹息一声,无奈只得起身告辞了。

"等等。"陆文宗在背后招呼苏鸿达。

"嘛事?"苏鸿达以为是陆文宗回心转意,忙停住脚步返身询问。

"我交你了事的二百元,退回来。"陆文宗伸出一只瘦手,向苏鸿达索要那笔钱。

哆哆嗦嗦,苏鸿达从怀里往外掏了半天,"雇了两趟洋车,一元二角,晚上吃了顿夜宵,买了包烟,祭奠死者,我还烧了一包纸钱,打发乞丐,我还用了些零钱,剩下这一百二十三元五角,两清吧,陆爷。"扔下一把碎钱,苏鸿达拔腿跑了出去。

"苏鸿达,苏鸿达!"陆文宗在后面大声喊叫,只是苏鸿达早跑得没了影,气急败坏的陆文宗拍了下大腿,狠狠地骂道:"拆白党!"

…………

"怎么样?"早就在不远处路边上等着苏鸿达的严而信,一把将苏鸿达拉进小饭铺,低声喊喳,他急不可待向苏鸿达询问。

"掰了!"苏鸿达摊开双手,表示事件已没有调解的希望,摇一摇头,目光中充满了绝望神态。"不给面子。"他又补充了一句。

"好!"严而信用力地拍了一下巴掌,"好!"又拍了一下巴掌,眉飞色舞,"有戏!"

谈着话,严而信将苏鸿达拉进一个单间雅座,"不怕苏二爷过意,若是私了,咱中午只吃西葫芦羊肉水饺,大打出手,咱就有酒有菜。"

严而信心花怒放,有了无头案,打起人命官司,独家新闻由他把持,这其中可就有了油水,机会难得,发财的时运到了。

"别想得太美了。"苏鸿达毕竟是一介闲人,他对于办正事摸不着门道。"人家陆老财说了,他乐无由来无踪去无影……"

"你瞧!"说着,严而信打开大皮包,几份大红折子取出来,亮给苏鸿达看,"这是订婚的换帖,这是结婚的文书,乐无由的居住户籍、乐太太的迁居证明……"

"哪来的乐太太？"苏鸿达不解地询问。

"哎呀，乐先生的妻室，不就是乐太太吗？"严而信拍着苏鸿达的肩膀解释。

"你是说俞秋娘？"苏鸿达眨着眼睛发呆。

"嘘，闺房中的芳名是你称呼的吗？"严而信诡诈地向苏鸿达笑着。

"没那么容易。"苏鸿达还是怀疑，"请律师，呈状子，你出得起钱吗？"

"苏二爷，这可就要看你的本事了……"说着，严而信在苏鸿达腰眼上拧了一下，随之，二人哈哈地一齐笑了。

…………

原湖南督军王占元南行经商返回天津，几位至亲好友要亲自到车站迎接。侯伯泰大人的高轱辘胶皮车才跑上万国老铁桥，就见铁桥上交通堵塞，行人车辆挤在一起，把这座横跨海河两岸的唯一通道堵得水泄不通。

"叮当，叮当！"侯伯泰将车铃踏得震天价响，人们无动于衷，依然不肯让路。"耽误事，真耽误事，赶紧绕东浮桥。"侯伯泰坐在车上发火，只是后面的电车、人力车又涌上来，即使想退下桥去也没有退路了。

"巡警呢？巡警怎么不管？"侯伯泰在车上急得直喊叫，

依然是没人理睬,火上烧油,侯伯泰急得在车上直跺脚。

"嘛事?电车轧死人啦?"侯伯泰在车上大声询问,倒是车夫抻着脖子往桥上张望,这才回答侯大人的话说:

"好像,好像是个小媳妇要跳河。"

"拦住,拦住,人命关天,怎么能见死不救呢,天津人就这么点儿毛病,光嘴上热乎。"

侯伯泰正在胶皮车上感叹,突然人群活赛是被炸弹炸开了一个通道,一个披头散发的女人直冲过来,"扑通"一声,跪在了侯伯泰的车前。

"车上的大爷,您老给贫妇做主呀!天津卫这个地方没有好人呀,逼得贫妇的夫君跳了大河,捞上来曝尸河边没人埋呀。全说天津卫的爷们儿好心肠,呸,留着那挂肠子喂狗去吧,欺弱怕强,踢寡妇门、挖绝户坟,缺德的事全是天津卫的爷们儿干的,有英雄好汉你也站出来说一句公道话,耗子扛枪窝里横,家炕头充硬汉子去吧,呸,白长了七尺身躯,白袍子马褂地说说道道,我算把他们全看透了……"

"咦,这位女子,你不可恶语伤人呀,谁说天津卫没好人?"侯伯泰自然是听着不高兴。

"咔嚓",镁光灯闪出刺眼的光亮,混在人群中的严而信照下了这张民女痛斥天津人的照片,正好侯伯泰想问个究竟,招手便将严而信唤了过去。"怎么回事?"侯伯泰问。

"这位女子的丈夫被天津一家商号逼得跳了河。"严而信回答。

"有这种事？"侯伯泰生气地拍打车扶手。

"曝尸三日又无人掩埋。"

"岂有此理。"侯伯泰跺了一下双脚。

"哭诉冤屈，告官无门。"

"天理不容！"侯伯泰一声吼叫，压下了满桥的喧嚣，立时众人的目光都转过来集中在他的身上。"天津人历来是助人为乐，路见不平要拔刀相助。现如今人心不古啦，丢尽了老天津卫的脸，寒碜，列位，太让人瞧不起了！"坐在胶皮车上，侯伯泰向众人慷慨喟叹，说着，他从怀里掏出一张名片，顺手交给严而信说："拿我的片子去请出个闲在人来操持操持，请律师，递状子，这场官司无论用多少钱，我包了，天津卫这地界，正大光明！"

第六章

王占元南行经商返津,带回来了种种消息,其中最最令人不安的消息是,据传南京政府正在和日本军方磋商,国民党北平军分会代理委员长何应钦正在和日本华北驻屯军司令官梅津美治郎进行秘密谈判,有可能华北五省宣布"自治",到那时平津一带不战而降,日本军队就要以占领军的身份开进天津城了。

今日晚上是侯伯泰大人设家宴,请大律师袁渊圆畅饮对酌,餐桌上没有什么大菜,两只素色青花大餐盘,每只餐盘上盛着一只红澄澄的河蟹,一套吃螃蟹的餐具,小锤、小凿、小刀、小镊子。清一色的银器,和红澄澄的螃蟹恰好白红相间,愈显得餐桌上典雅富丽。这螃蟹不一般,卧在餐盘上活赛一只铜锣,一对大毛螯盘在头顶上,倘若将螃蟹腿展开对角丈量。横宽一尺四寸,算得上是螃蟹精。

"果然是珍馐,大饱口福,大饱眼福。"袁渊圆大律师体态肥胖,三层下巴,一对垂肩的耳朵,小眼睛,满面赤红的颜色。大腹便便，一对胳膊伸过来，越过大肚子，才刚刚摸到桌沿，两只胖手，手背上陷下去指环窝，白白嫩嫩的皮肤，称得上是十足的富贵相。

"胜芳产螃蟹，天下有名，有皇上的年代，一尺四的珍品每年多不过产四五十只，一只螃蟹一只篓，再往篓里打两个生鸡蛋，全部送到宫里，个个活，双层的油盖，自然是龙颜大悦，这才护佑着黎民百姓得享皇恩。现如今，皇帝到关外立满洲国登基去了，这胜芳螃蟹才得以流入民间，也不是人人都有这份口福。今年天津卫一共进了十二只，你一只，我一只，另外十只也是此时刚出蒸笼，前大总统一只，前国务总理一只，日租界土肥原一只，英租界工部大臣一只，意租界一只，法租界一只，真是天下同乐，中外共享呀……"

能吃上这样的极品螃蟹，袁渊圆身为大律师，也是受宠若惊，这哪里是供人吃的物体呀，比唐僧肉都金贵，吃了能长生不老。咂一咂滋味：不凡，醇香、不腻，甜丝丝的，鲜美，没有一点儿腥味，唉，你说说这中华民国能不让人爱吗？

"侯大人府上，是不是晚辈中有人惹了什么麻烦？"吃着这样的螃蟹，品着陈年花雕，袁渊圆心中也在暗自琢磨，无缘无故，侯伯泰不会赏自己这份面子，用这对螃蟹宴请国民军总司令，少说能换个军长当当。

"你说嘛？"侯伯泰剔着螃蟹腔子问道，"你以为我请你吃螃蟹是烦你打官司？我们家没官司打,也没人跟我们侯家打官司。"

"有理,有理。"袁渊圆连连点头赞同。真是的,这许多年在天津卫打官司,还从来没有人来投诉过侯姓人家,凭侯伯泰大人的财势、权势,子子孙孙无论什么事都不犯法,再说这法律本来就是为了护着人家小爷儿几个才立的,谁也别生气。

"倒是有件条幅,我要请大律师过目。"说着,侯伯泰着人将一条立轴展开,挂在中堂,洒脱的书法,集录着唐人的旧句。

"袁某不才,于此毫无研究。"袁渊圆是位新派维新人物,懂六法全书,懂希腊罗马的法典,就不懂汉学,唐人旧句,一窍不通。

"我来给你讲讲这四句唐诗。"侯伯泰回头望望挂在壁上的立轴对袁渊圆说。

"不必了,不必了。"袁渊圆连忙摇着双手回答,"反正只凭这份状子打不成官司,没有原告,没有被告,案由,纠纷,伤害……"

侯伯泰不理睬袁渊圆的辞拒,依然抑扬顿挫地读了起来:"黄昏鼓角似边州,客散江亭雨未收。天涯静处无征战,青山万里一孤舟。"

"不懂,不懂,更是不懂。"

"第一句是李益的诗,第二句是岑参的诗,第三句……"

"侯大人,有话您就直说吧,要我干嘛?"袁渊圆直截了当地问。

"去关外。"侯伯泰放下餐具说道。

"满洲国?"袁渊圆细声询问。

"袁公精明。"侯伯泰颇为赏识。

"交给谁?"袁渊圆又问。

"醇亲王。"侯伯泰一字一字地回答。

"讨个什么示下?"袁渊圆问得更是狐疑。

"送到就完。"

袁渊圆呆了,他闹不明白这是一宗什么交易,更闹不清楚侯闲人此遭正在管的是一宗什么闲事,冒着杀头的危险通敌传送暗语,谁知道这幅立轴里隐着什么军事秘密。

"这幅立轴的落款是水竹村人,这位水竹村人是哪位人物,袁公也不必细问,反正是我管的闲事,能是引车卖浆者流吗?四句诗是什么意思?也说不清楚,华北的局势,想必袁公也心中有数,来日如何安排,也要先探知清楚,有公差的人不便出面……"

"侯大人,袁某不才,实在是不能胜任。再说,容我放肆地问一句,您老人家管这份闲事干嘛?倘被南京政府知道了，您老人家依然是社会贤达，我袁某人可就完了，以后谁还找我打官司呀，暗地里通着满洲国……侯大人，咱还是吃螃蟹，吃螃蟹吧。"

"干杯，干杯！"侯伯泰为袁渊圆又斟满一杯花雕，这才知心地再往下说，"袁公呀，下至劝说邻里纠纷，上至调解两国交兵，一桩桩一件件还不全是管闲事吗？有官差、有公职的人反而不好办，谁都知道他吃的是谁家的饭，你靠日本人，我靠英国人，这个代表南京政府，那位是前朝遗老，谁和谁都对不上话茬子，有戏文没戏文的也要端足了架子花的势派，所以天津卫才养着一茬一茬的闲人。我不管闲事，没法，推不开，驳不了这份面子，都是世交，缠得你躲都躲不开。"

几杯老酒下肚，袁渊圆也有些晕乎，脸上泛起一层紫红霞彩，他似醉非醉地说道："既然侯大人如此器重不才，赴汤蹈火我也要在所不辞，正好我如今管着一宗官司，报界全知道我不能分身，如此神不知鬼不觉地去一趟关外，三天五日也不惹人注目……"

"对，这才是明白人说的话。"侯伯泰连连地大声赞扬，"总理大臣有眼力，前次他设宴请大律师作陪，我估摸着来日就必有后文。实言相告，这次请袁公出山，还全是前总理大臣的主意。外场上，你原先忙着嘛还忙着嘛，拿出十足的精气神,告诉小报记者多拍出几张照片来,天天上报,遮住众人的眼目,戏法就由你变去吧,哈哈,哈哈,哈哈哈!"侯伯泰开心地放声大笑,笑得餐盘里的螃蟹都跟着摇眼珠。

⋯⋯⋯⋯⋯

大律师袁渊圆,人称编的圆、说的圆、唱的圆;他自己不以为然,他称自己是好人缘、好饭缘、好财缘。

袁渊圆何以在天津卫被尊称为大律师?原因很简单,是律师便是大律师,谁人自甘称是小律师?谁又肯去请小律师打官司?所以,凡是操诉讼生涯的,都在姓名前面冠以大律师的名号,才下海的雏儿,也是大律师,吃这碗饭,就是这么个讲究。

袁渊圆在天津卫专门包打人命官司,婆婆虐待儿媳妇活活将儿媳妇鞭打致死;儿媳妇虐待婆婆又活活将婆婆饿毙;老华茂鞋店门外的大树杈上吊死了一个无名鬼;德泰昌洋货铺修库房墙倒了砸死了人,无论谁行凶,谁被害,谁先找到袁大律师,谁便胜诉。婆婆鞭打儿媳妇是家法无情,儿媳妇不给婆婆饭吃是孝女报恩;老华茂鞋店门外树杈上的无名鬼是栽赃,墙倒砸死人更是误伤,全不担任何责任。反之呢?反之就麻烦了,婆婆打儿媳妇天理难容,儿媳妇饿死婆母更是大胆忤逆;老华茂门外树杈上挂无名鬼必是事出有因,墙倒砸死人更是暗报私仇。走着瞧,不把你折腾得家败人亡不算甘休，大律师，就有这能耐。

　　只有这次，袁渊圆觉得事情有些蹊跷，令他百思而不得其解。

　　十天之前，袁渊圆浏览报纸，见《晨报》社会新闻版刊有一条关于河岸边发现一具无名男尸的消息。当时他一边看报纸一边吃煎饼馃子，一股热气冒上来蒙住了眼镜片，顺势他将报纸推开，便没有再看。无名男尸，天津卫见得太多了，上吊的、投河的、自杀的、被杀的，就似小孩子尿床一样，天津人是不当作一回事的。河岸边停放几天，无人认领，积善堂出面舍一口狗碰头的薄板棺材，掩骨会抬走到乱葬岗埋掉，从此便再没有人去想他。有时也出点儿"格色"的，没停几天，死尸被人偷走了，这一来"乐子"大了，免不得一场麻烦。譬如被几个青皮偷走，挂在哪个商号门外的大树杈上，不外是敲一笔竹杠，最缺德是将尸体立在商店门板上，第二天早晨商店一开门，咕咚一声从门外栽进来一个死人，有分教，这叫恭贺发财，给你来个反顶大门闩。

　　果不其然，五天之前，也是在早晨八点左右，袁渊圆大律师照例是一套鸡蛋煎饼馃子，餐桌上摊开一张《晨报》，才咬了一口煎饼馃子，袁渊圆呆了，他将煎饼馃子叼在嘴里双手举起《晨报》，托托眼镜万般仔细地看着报上的一则新闻："千古奇冤，亲夫含恨死，投诉无门，烈妇不贪生。"好，有生意好作了，无名男尸有了妻子，而且又是蒙冤致死，这不是真的要打官司了吗？

事不宜迟，袁渊圆穿戴齐整，漫步走出了事务所大门，你道他去哪里？河边？不对，律师做生意不能到现场看货，他决不能到河边去看过死尸，再看过烈妇，然后再讨价还价。他径直向饭店毗邻的天祥后走去，他要去找一个人，苏鸿达。

找苏鸿达比捉蛐蛐还容易，白天不必听叫，夜里不必灯照，只要在午饭晚饭之前在天祥后几家饭店前稍微一转，准能碰见苏鸿达。

"鸿达。"袁渊圆是新派人物，见了人不称爷，直呼其名，以表示亲切。

"大律师。"苏鸿达今天衣冠楚楚，仪表非凡，脸上一副得意相，看得出来，他这几日没扛刀，而且气顺，日子混得不错。往日只要有人和他打招呼，他立即转过身来尾随在你身后往饭铺里溜，今日他竟面对面和大律师站在饭店门外，那神态似是他打算请大律师"嘬"一顿。

"难得闲在。"

"家里的饭菜吃腻了，出来换换口味，鸿达兄若没有其他约会……"

"不不不，我这儿另有个饭局。"苏鸿达的回答令袁渊圆大吃一惊,真没想到,他苏鸿达居然也有肚子不饿的时候。

"时间还早,先陪我去喝两盅。"强拉硬扯,袁渊圆把苏鸿达拉进了美丽美餐厅,这美丽美是个新潮餐厅,很快,侍者便摆上了餐盘,两份相同的俄式便餐;牛排、鱼子酱、酸黄瓜、柠檬泡菜、红油葱头。

幸亏苏鸿达见过世面,刀子叉子用得有板有眼,一杯威士忌下肚,不等袁渊圆询问,他先滔滔不绝地讲述起来:"管了桩闲事,累得胡说八道,本来我是说和事的,没想到粘上了,如今推都推不开。"

"能者多劳嘛。"袁渊圆连声地恭维,"天津卫这地面的繁荣,不就是靠几位热心人维持了吗?各人只扫门前雪,那马路上的雪由谁去扫?马路上堆着雪,又如何过车?如何行路?七十二行不是全要萧条了吗?"

"只是这桩事管不得,人命关天呀!"苏鸿达故弄玄虚地将嘴巴凑到袁渊圆耳边,诡诈地眨着眼睛说道。

"打人命官司?"

"财大气粗!"苏鸿达用力地拍拍胯骨,表示有钱腰板硬。"无论用多大开销,现钞。"

"凭一个孤单女子……"袁渊圆暗自估算这场官司到底有几成把握。

"知道后台是谁吗?"苏鸿达一双眼睛眨得更快,"侯四六爷!"

"侯伯泰大人何以要包打这桩无头案?"袁渊圆将一块牛排。举在嘴边,呆呆地问。

"为民做主。"苏鸿达一拍桌子回答,"这位刚烈的女子把天津卫的老少爷们儿全给骂了,通通是软盖的活乌龟,路见不平,没有人敢拔刀相助,全是欺弱怕强,全是说大话使小钱,全是呜嘟嘟吹牛没真格的,反正这么说吧,天津卫这地方不是好人待的地方,好人受气,谁能坑蒙拐骗谁是好汉子,越是青皮混混越有财有势,天津卫呀就是个大粪坑。"

"那咱弟兄们呢?岂不全成了屎壳郎?"袁渊圆不服地询问。

"所以侯四六爷才出面管了这件事。"

"侯伯泰大人何以知道这件事呢?"袁渊圆终于把那块牛排送进嘴巴,美美地咂着滋味询问,忙着又举起了第二块牛排。

"巧呀,无巧不成书呀!"苏鸿达也举起了一块牛排,先送到鼻子下边嗅嗅味道,远远地看一眼,牛排上还带着血迹,皱了皱眉头,还是送到嘴里,他也学着新派人物茹毛饮血了。

第七章

　　全怪陆文宗钱财上看得太重,千不该万不该,他不该从苏鸿达手里再索回那二百元钱。托人家苏二爷说和事,先交二百元钱带在身边,头一趟碰钉子回来,明眼人都知道,这叫讨价还价,再加二百,说不定就有了门路。偏偏陆文宗认钱不认人,多一文钱不花,居然还跟人家苏二爷要那二百元钱,有这么寒碜人的吗?倘若电车上被人掏了腰包,莫非你还要苏二爷赔偿不成?明明是瞧不起人。

　　所以,苏鸿达才找到严而信,两人一起鼓捣俞秋娘出来和陆文宗打人命官司。

　　"有意思,有个意思儿!"严而信伸出手指弹着办公桌说道,"准备文件的事我包了。什么文凭呀,履历呀,奖状呀,我全能琢磨,难不住咱,只是钱呀,钱……"严而信谈虎色变,开始想到此事非同儿戏。"要有位阔佬作后台,三万五万的得掏出来才行。"

　　"阔佬?"苏鸿达拍着额头搜尽枯肠,突然眉头一皱,计上心来。他起身搜巡一番,见附近没有闲杂人等,这才和严而信说道:"十天之前侯伯泰去火车站送王占元南下,坐胶皮车过万国老铁桥,这他才看见河岸边捞上来一个河漂子。如今侯爷是早把河漂子的事忘了,可是湖南督军王占元的事他没有忘,过几日,王占元返回天津,侯爷还要坐车去火车站迎接……"

"叭"地一声,严而信在苏鸿达的肩膀上重重地拍了一下,用力过猛,险些没把苏鸿达脊椎骨拍断:"苏鸿达,真不愧是天津闲人,有你的,一挂坏杂碎,全天津卫的人全让你玩了,吃得开,这码头就是人玩人的地方。"

不必再细合计,英雄所见略同,心有灵犀一点通,余下的事就各自施展才干去了。丢下苏鸿达,严而信来到东方饭店,找到俞秋娘,对她进行单独采访。

姓甚名谁?哪里人氏?年方几何?与死者何时说媒,何时订婚,何时迎娶,何时成亲?死者何以自寻短见?死前可曾留有遗言……

俞秋娘自然是一一做了回答,只是她不再呼天唤地了,她似是颇知世态炎凉:"我算看透了,这天下没有讲理的地方,明明是隆兴颜料局逼死了我的亲夫,可是没有钱还是打不成官司。记者大人,您老想想,我丈夫老实巴交地做事由,平白无故地他能跳大河吗?那陆掌柜非山西人不用,你辞退我们,我们另谋高就,好汉子不赚有数的钱,你千不该万不该不该登报声明,像是我们坑了你拐了你干了嘛见不得人的事,这明明是不给我们留活路呀……"

严而信没时间听俞秋娘啰嗦,他直截了当地又追问了几个问题,自认夫妻有什么凭据,有了凭据,法庭上咬得住咬不住。

"不是说民国共和,不动刑法吗?"俞秋娘舔舔嘴唇问着。

"不用刑,连打手板都不许。"严而信拍着胸脯保证。

"不动刑罚,我就咬得住,妇道人家,您老知道,连窦娥还招了呢,那是多大的冤屈呀!"

"既然如此,你就要这样去做。"严而信收起采访笔记本,将钢笔插进衣袋里,放低声音,他向俞秋娘面授机宜。

…………

亏得苏鸿达地面上熟,只稍稍地张罗了一下,便招来了数不清的胶皮车、大马车、大汽车、小汽车。早早地来到老铁桥两端,这许许多多车辆便在老铁桥附近缓缓地绕来绕去。俞秋娘站在桥上,双手扶着栏杆,似在观风景。严而信挎个照相机远远地站在桥旁,像是位远方来的新派游客,苏鸿达猫在桥边的一株老槐树旁精心地瞭望。

"叮当"一声,侯伯泰的高轱辘胶皮车向着万国老铁桥跑来了，苏鸿达发个暗号，正巧又有一辆蓝牌电车上桥，迎面一辆大马车跑上桥来，横在电车道上。呼啦啦几百辆胶皮车、马车、汽车一齐向桥上涌去，立时，桥上一片人喊马嘶，活活把一座宽敞敞的老铁桥挤得水泄不通。"我的天呀！"恰在此时，俞秋娘一声高腔嘎调，纵身就要往河心里跳……这么着，侯伯泰大人的胶皮车就被困在了桥上。这才有俞秋娘放泼大骂天津卫，侯大人疏财仗义打官司的一出好戏。

苏鸿达暗自拍了一下巴掌，妙，大家伙儿全让我一个人给"玩"了；严而信暗自乐得直抖肩膀，妙，这次我可是把天津卫给"涮"了；俞秋娘暗自心里笑开了花，妙，天津卫的老少爷们全被我一个女子给"耍"了。唯有侯伯泰，他一心为天津卫打抱不平，一定要伸张公理，要为弱女烈妇撑腰，待到他日后听过王占元从南京带来的种种消息，才暗自又惊又喜，真是天赐的机遇，满天津卫三教九流的这一出好戏，活赛全是我侯伯泰一个人排演出来的。天津卫这地方就是邪，有人说是天津的水好，只要一喝上天津的水，多愚顽的人也会变得聪明，于是谁都想玩人、耍人、涮人、算计人，个个觉得自己最高明，也不知最后谁倒霉。

唯一蒙在鼓里的人，只有一个，陆文宗。他是外来户，而且是山西人，和天津人死合不来，天津人大体上不排外，只排广东人和山西人。天津人认为广东人到天津来只想憨宝，天津卫地上的宝贝全让广东人给"憋"走了。譬如居住在鼓楼下面的一队金老鼠，栖息在铃铛阁上面的一只金夜猫子，老地道下面的避水珠，九河口底下的万年绿毛龟、如今全落在了广东人的手里。那么山西人呢，山西人善理财，把全天津卫老少爷们靠汗珠子挣来的家业，全算计到他小金库去了。据说山西人家家户户院里都有几口大水缸，那大水缸就是放银元的，存满了一缸，夜里就装上大马车往山西运，所以山西越来越富，天津是越来越穷。

《晨报》上登出消息，说俞秋娘请到大律师袁渊圆，状告隆兴颜料局逼死亲夫，陆文宗狠狠地吐了口唾沫，恶汹汹地咒道："胡扯球，明明是他自己不辞而别，咋怪我逼死人命，偏不信这天下就没地方讲理。"

总得找出个闲人来成全事呀，陆文宗冥思苦想，没想出第二个人来，还得是苏鸿达。

若说起来，这苏鸿达和隆兴颜料局关系不错，几年前一桩闲事就是苏鸿达给说和的。从那之后苏鸿达常来隆兴颜料局闲坐，东拉西扯地不外就是泡一顿饭吃。吃顿闲饭倒也没啥，只是柜上这么忙，谁看着苏鸿达在一旁闲坐也心烦。久而久之，伙计当中就有人出来说话了，见到苏鸿达还闲坐在柜上不走，账房上的先生就差一个小力巴儿出来，高高地给苏鸿达敬上一盅茶，客客气气地说："今儿中午，掌柜的有话要对柜上讲,苏先生不见外,就先到厨房去随便用点儿便饭,中午就不敢挽留苏先生了。"苏鸿达明白,这是撵客,不过总还是因为肚子饿,低三下四地随着伙计去厨房吃碗清汤面,早早地被人送到了大门外。

这次没等陆文宗去请,苏鸿达自己却找上了门来,进店门,过柜台,几声"爷爷"和老少爷们儿打过招呼,他直奔后院上房,找到了正在捧着《晨报》发呆的陆文宗。

"陆爷。"苏鸿达坐在陆文宗对面,知心地招呼一声,故作深沉地说下去,"事态闹大了,这场人命官司……"

"我等着他。"陆文宗做出一副不含糊的样子,神色镇定地回答说,"乐无由是本号辞退的先生,他与本号没有纠纷,本号的店规,非山西同乡不用,他先来时声称是山西人,俺到山西会馆查对,没这号人,俺辞他,占理不占理?"

"这话,陆爷要到公堂上去对大法官说的。"苏鸿达和颜悦色地回答着,"只是,陆爷如今身为被告,自己不能辩护,民国维新,公堂上要请律师,出庭一次按时间计算,一小时四百大洋。"

"谁付?"陆文宗放下报纸问。

"当然是谁请的律师谁出钱啦!"

"我没钱!"陆文宗斩钉截铁,在钱财问题上他决不含糊。

"没钱就是没理,大法官就定你败诉,败诉就是官司打输了,你就要给人家乐太太赔偿,报上说要四万大洋。"苏鸿达说着俯身过去在报上寻找那条新闻,陆文宗心烦,将报纸塞到了桌子下面。

"有便宜的律师没有?苏二爷帮我请一个。"无可奈何,陆文宗知道这场劫难已是不能逃脱了,忍痛咬牙,他也只好如此了。

"玩笑了,陆爷。"苏鸿达笑了笑说着,"这律师又不是鞋子,皮鞋十八元,布鞋一元五,草鞋二角,律师,就是一律的讼师,童叟无欺,言不二价。"

"那女子请的谁?"陆文宗问。

"袁渊圆。"

"瞧这名号,一听就不正经,有本分的律师没有?"陆文宗气呼呼地又问。

"这个,我可不敢插手,请到好律师,三分理能打成七分理,五分理能打成十分理,倘若官司打赢了,这场请律师的钱不光不用陆爷破费,全部要由对方包赔,他还得赔偿你的损失,也是四万!"

"啊!"陆文宗眼睛一亮,"这顶得上一年的生意,莫怪人人都这么爱打官司,这四万元钱是赢定了。我占理,她丈夫跳河与本店只字无干,再说,那女子明明是蒙事,乐无由从来就没说过有什么妻室。"

"慎之，慎之。"苏鸿达忙摇着双手解劝，"这话可不能乱说，万一人家摆出凭据，你就要赔偿名誉费，又是四万。"

"那就一共是八万。"陆文宗吸了一口长气，暗自为这八万元胆战心惊，"这官司我打不起，我不干。"

"你不干不成呀，人家告了你。"

"哪有缠着人打官司的道理？真是没处说理。"陆文宗气急败坏地倒在椅子上。

"怎么会没处说理呢？报上好说理呀！"苏鸿达从桌子下面取出《晨报》放在陆文宗面前。

"报上只说一面理。"陆文宗推开报纸。

"你不花钱，人家如何替你说理呢？"

"怎么，这报纸能替俺说话？"陆文宗眼睛亮了一下，下意识地又去摸那份报纸，似是觉得这张《晨报》又有了几分温暖。

"实不相瞒，这《晨报》主笔是我的莫逆，陆爷若是有意思……"

"我摆、我摆宴！"陆文宗立即满口答应着说，"我全懂、全明白，这年月不摆酒席就休想开口，苏二爷出面吧，无论用多少钱，我包下来了，我把真情对报馆说说……"

"光吃饭不行吧，报馆那边不得有点儿什么表示吗？"苏鸿达侧目望着陆文宗,暗示他不要不通世故。

"好,你先把主笔请来,多大的意思,看事情办到什么程度。"

"好,一言为定,陆爷放心,这事我包了。"说着,苏鸿达伸出一只手来,心照不宣,他是向陆文宗要现钞,好摆酒宴请《晨报》主笔。

陆文宗平生一贯谨慎,而且凡事每到掏钱的时候便更要犹豫,他一双手紧紧地揣在袖里,好长好长时间拿不定主意。

"陆爷,您老是没跟人家主笔打过交道,人家那脑袋瓜儿那才叫'窜',你这儿只三言两语才提个头儿,人家早千言万语写成了文章。不必你唠叨,人家便知道你打算怎么着,你想说什么,你避讳什么,白的如何说成黑,黑的如何说成白,方的要怎样才能说成圆,圆的又该如何说成方,嘿,活儿做得细,让你一点儿破绽看不出来,欺世蒙人,瞒天过海,陆爷,你早该开开眼界了。只要钱花得到,他乐无由投河与你有什么关系?他夫妻两个吵架……"

"行,我依了你,早算定我两年要走背兴字儿,破财,俺认了。"陆文宗终于下了决心,哆哆嗦嗦掏出一小叠钱来,交给苏鸿达去摆宴请严而信,求《晨报》替自己说几句公道话。

…………

苏鸿达好得意,一场官司挑起来,这边吃原告,那边吃被告,天津卫称这套活是一手托两家,没点儿真功夫的,谁也不敢玩,万一玩砸了,以后就再休想在天津卫混了。

俞秋娘那边,苏鸿达负责请律师,跑报馆,代办各类公证文书,说起来事不少,也算得上五花八门,但路数只有一套:买。有钱就行,只要花到了钱,花到了地方,天下没有买不来的公证文书,没有公证不了的事件。只要白花花的银子倒在大缸里,就连一个人长两颗人头也能找到人证物证,信不信由你,天津卫的事就那么邪乎。有了公证文书,有了律师,有了报馆的社会新闻,俞秋娘乐不得跟着起哄打官司,喊哩咯嚓,身前身后总有人给照相,登得遍天下玉容情影,来日混事由都方便。

陆文宗一方,自然也少不得苏鸿达,由他拉皮条,陆文宗认识了严而信。陆文宗将事件真相如实陈述,严而信听着全作了笔录。"陆先生,你放心,报纸就是要为民众代言。"一篇采访记尚没有写好,《晨报》先为隆兴颜料局登了整整一个版的广告:西洋真货,英美名牌,零整批发,价廉物美。广告费开出来,陆文宗吓了一大跳,又是请出苏鸿达,这才减了二成,按优待户收费。除此之外,苏鸿达还要走门路,代陆文宗给大法官送礼。大法官董方是天津卫的大人物,陆文宗、苏鸿达者辈是连见一面的福分都没有的。而且董方大法官不会笑,终日板着冷脸,即使是大便干燥,面部肌肉也不能稍有跳动。给董方大法官送礼,比给阎王爷送礼还难,陆文宗身在商界,与"官面儿"没有来往,且"官面儿"最忌与商界来往,两家是井水河水,决不相通。幸好苏鸿达身在各界之外,所以就可以和所有各界来往,与大法官搭线,还得有大贤人搭桥。苏鸿达为俞秋娘请大律师袁渊圆要向侯伯泰报账,顺手牵羊,苏鸿达又通过侯伯泰打通与法官董方的门路。又玩刀,又玩火,艺高人胆大,什么把戏全是人耍的,天津闲人,就这么大的能耐。

"你到底向着谁?"什么事都瞒不过严而信,他见苏鸿达一根竹杠撑两条船,不免要问个究竟。

"我向着钱!"苏鸿达回答得爽朗痛快,"两个人打架,咱不能拉偏手,一场官司打完之后,无论谁输谁赢,双方全是朋友,一个朋友一条路,路多,就有钱。"

"你呀,一没有后台,二没有靠山,终日耍把人两面占便宜,当心日后吃不了兜着走。"连严而信也为苏鸿达担心,觉得他这样走钢丝大危险。

"严爷,你放心,管闲事惹不来杀身祸,多不过被人撕下一层脸皮,日后再长出来,保准比前面那张更厚。"苏鸿达说得得意,眼见得这几日东跑西奔捡了不少便宜,不仅一日三餐有了准着落,而且口袋里还剩了几个积蓄,没有点儿真功夫,这碗饭也不是好吃的。

第八章

　　大法官董方身穿黑色法官长袍,头戴黑色高帽,在黑色长桌后面正襟危坐。果然君子正其衣冠,尊其瞻视,俨然人而望而畏之,其亦不威而不猛乎?由此,法庭尽管座无虚席,但仍鸦雀无声,大法官铁青面孔散发出的寒气,令人不寒而栗。

　　天津卫因其特殊位置,设有高等法院,而董方又是这高等法院的首席大法官,平日里民、刑二庭无论什么案件,他是连过问都不过问的,他历来只审理人命官司无头案。俞秋娘控告隆兴颜料局逼死亲夫案,已是闹得满城风雨,非大法官亲自开庭,民情不得平息,真伪不得甄辨,公理不得伸张,社会不得安定。责无旁贷,大法官董方这才亲自出山,脸色自然带着好大的不高兴。

　　果然大法官董方明镜高悬,庭议一开始他便向俞秋娘提了一个问题,直问得俞秋娘暗自出了一身冷汗。

　　"既然你身为乐无由之妻,何以只身寄宿在东方饭店?

而饭店旅客登记簿上又只具名俞秋娘，也未登记你夫君姓名、籍贯、职业，何以你竟以河边一具无名男尸，状告隆兴颜料局逼死亲夫？证据安在？"大法官语调平和，即使是质问对方，也不带一点儿情感，以免给对方造成心理压力，致使被质问人不敢吐露真情。

"民女俞秋娘与乐无由是结发夫妻，只因乐姓人家系旧式家庭，婆母与民妇不能和睦相处，我夫乐无由一不敢违抗父母之命，二不愿伤害夫妻感情，因此才携带民妇出走来津。为躲避社会流言，更怕落个不孝之名，所以才只以民妇姓名登记客店。"

"你有证据吗？"董方冷声提问。

"有。"俞秋娘说着将随身带来的聘书帖子呈了上来，而且其中还有她与乐无由的合影照片。啧啧啧，你说说天津卫什么花活耍不出来，照片中的乐无由居然一只手搭在俞秋娘的肩上，真是一对亲亲热热的小夫妻。

大法官将照片转给被告陆文宗，陆文宗戴上老花镜端详了好半天，最后他只能连连点头："照片上这个男的正是乐无由，他两个照合影咋不往一个地方瞅呢？"

这不干你的事，照片被送回到庭上去了。

传证人。

出庭作证的是东方饭店的茶房师傅，他专门侍候俞秋娘的客房。

"你见到过俞秋娘的丈夫吗？"大法官问。

"常来！"茶房师傅鞠躬哈腰地回答，"开客房的时候就是二位一起来的，男的长得俊巴，精明，带着十分的人缘儿，我心里还估摸，这对小夫妻真'般配'。不用问，准是婆媳不合，从家乡迁出找地方躲几天。"

"他们夫妇常会面吗？"大法官打断茶房师傅的唠叨，只提实质问题。

"也不常见面，一准是先生的事由忙，这三个多月，总共才来过五六趟。"茶房师傅掰着手指头回答，忽然间他像想起了什么，一拍脑门继续说道："就在出事的前一天，先生还来过，先生吩咐我泡茶，待到我送茶上楼时，先生又从房里出来了，跟我要个杯子在楼梯上喝了一碗茶，谁知道他就这样轻生走了绝路。我当时就看着他眼神儿不对。"

"哧……哧……，"原告席上的俞秋娘抽抽噎噎地哭了起来，肩膀一耸一耸，再配搭上她今天身上穿的一身缟素，灰布衣裤，白边儿，头上一条白发带，那神韵真带有三分妩媚。

"女士们，先生们。"一番法庭调查结束，大律师袁渊圆挺身站起，摆开架势，开始为原告申诉，"也许，我们都曾见到过许许多多的生离死别，但是对于我，一个年过半百，也算是久经沧桑的人说来，如此悲怆的事情，还是第一次遇到。一对恩爱的夫妻，心怀着不可告人的委屈，又要在父母面前做孝顺儿子，又要在世人面前维系家庭的声誉。哪里给他们准备了温暖？哪里是他们栖身的乐土？无情的社会，冷酷的人生，哪里去寻找宽厚与同情？人们只知道要清晰的履历，要久居的户籍，要可靠的人保、铺保和种种声誉保证，而对一个备受生活磨难的人，人们竟以无情的手将他推上了绝境，难道这无情的手不该受到谴责吗？难道这无情的手不该承担法律责任吗……"

袁渊圆滔滔不绝，慷慨陈辞，有理有据，有情有怨，真是字字感人，句句动听。旁听席上不时有人暗暗点头，更有人暗自落泪，为年轻的寡妇弱女子伤心。记者席上，有的记者忙于笔记，龙飞凤舞，在小本本上画着只有他们自己才认得出的速记符号。自然，其中有人也随身带了照相机，但效法西洋，法庭上不得拍照，记者们只得将照相机挂在胸前，等着休庭时争先往外跑，再去抢拍种种镜头。

在记者席里抢了最好的位置，严而信自是十分得意，这桩官司，他第一个抢发了社会新闻，整个事件风起云涌，《晨报》总是消息最灵通、最可靠，很是得市民青睐。早先《晨报》死气沉沉，没人买，没人看，销数比不上专发梨园新闻的小报。这一桩事件，《晨报》大出风头，印数猛增，广告费已由每寸八十元涨到每寸二百元。作为报社主笔的严而信,由此不仅身价倍增,暗地里也得了不少油水,如今他早不穿那套破花呢西服了,英国货,笔挺;小口袋上插着派克笔,美国货,抖起来了。

法庭上,大律师袁渊圆开始向被告陆文宗质询问题。袁渊圆一手扶着法庭的木栅,一手摆出个潇洒的姿势,酸溜溜地拉着长腔,向陆文宗问道:"请问被告,乐无由生前在隆兴颜料局供职,经济上有没有发现有可疑之处?"

"乐先生是个本分人,俺就是因为他不是山西籍才辞退他的。"陆文宗一字一字地回答,随之他又补充说着,"这些事俺对《晨报》主笔都讲过,报上还登了个访问记。"

"什么访问记?"袁渊圆询问。

"就登在前日的《晨报》上,大律师没有见到?"陆文宗呆板地回答。

"我怎么会没有读到?"袁渊圆显然是匆匆地掩饰,立即他又把话题岔开,"我再问你……"法庭上发生了一阵骚动,人们对袁渊圆的提问议论纷纷。

忙着作笔记的严而信暗自打了个冷战,他不由自主地拍了一下膝盖,妙!袁渊圆没有读前日的《晨报》,果然,他不在天津。

············

采访过陆文宗之后，严而信写了一篇访问记，将陆文宗述说的种种情形写成文章，准备在《晨报》上发表，如此替原告被告双方申述，才是报纸的客观公正，但严而信先是言而有信，他要先将对原告不利的文字拿去给原告律师看过才能在报端披露，决不能放冷枪出难题。

推开袁渊圆大律师的事务所，严而信觉得今日的气氛有些异常。平日里如花似玉的女秘书，今天居然没涂脂抹粉，没戴耳环，没戴项链，没有了一星儿妖艳的狐气。奇怪，准准是大律师不在，而且不在天津，所以这位小姐今日才不再负有女性使命，她难得随随便便地轻松一天。严而信抽了抽鼻子，翘起二郎腿坐在了沙发上。"大律师今天不会客。"女秘书打了个哈欠，无精打采地说。

"什么时候回来？"严而信装出一副胸有成竹的神态，似是无心地问。

"什么回来不回来的？律师今天不会客。"女秘书冷冷地回答了一句。有案件在身的情况下，律师是不得出门远行的，把正在操办的案件放置一旁，即便是回乡探望父母，也是对当事人的不恭，对于律师本人来说便是失德。

"大律师今天不会客，难道连秘书小姐也不见吗？"严而信酸溜溜地问。

"连我也不见，那又怎么着？"女秘书没好气地饯着严而信。

"想来一定是律师在研究案情。"严而信一面说着，一面观察秘书小姐的神色。

"大忙忙的，快办正经事去吧，明日也甭往这儿跑。"秘书女郎不耐烦，三言两语便将严而信给"开"了出来。

一定还有桩更紧要的事必须袁渊圆去办。走出袁渊圆律师事务所，严而信在心中暗自琢磨着，什么事呢？家中老母病故？这本来正好向外张扬，大律师高堂仙逝，无头案照审无误，更给这桩案子添了一笔跌宕。然而，大律师袁渊圆是悄悄离开天津的，此事蹊跷。

难道在背后掏钱包打这场官司的侯伯泰大人会容忍这种怠慢吗？就是再借给他袁渊圆三分胆量，他也不敢在替侯四六爷办事的时候悄然离津的呀！此中有诈，袁渊圆出津，必是奉了四六爷的使命，拿了人家的钱粮，就要为人家站岗扛枪，严而信早就猜疑侯伯泰出钱包打人命官司是假，悄悄地他要办一桩大事才是真。严而信是个何等精明的人物，他茅塞顿开，这才发现自己原来也是被人要弄了。

信步在天津卫大马路、小马路漫游，严而信在心中苦苦剖析这桩奇事。走到日租界旭街，他想起苏鸿达到河岸边去瞧河漂子的时候，正是在侯伯泰去火车站送王占元南行之日；而俞秋娘大闹万国老铁桥，侯伯泰慨然解囊之时，又正是他去火车站迎接南行归来的王占元之时。王占元这一去一归,侯伯泰就给袁渊圆找了一桩遮人耳目的官司,明里袁渊圆大庭广众下抛头露面,暗里他又溜出天津,你说这节骨眼上,嘛闲事非得侯大人亲自操持?又是嘛正经事非得袁渊圆大律师亲自出马呢?

一路走着,一路冥思苦想,过了法租界老西口,来到英租界维格多利公园,啪的一声,严而信拍了一下胯骨,明白了,这其中的把戏,严而信是完全闹明白了。

明白了,就明白吧。天津卫这码头的规矩,无论什么把戏看穿了,一律不许说。苏鸿达明明认识坐在河岸边守着无名男尸哭丈夫的女子是自己的相好俞秋娘,假戏真唱,也得顺水推舟去称大嫂好言劝解;严而信明看见地上设着陷阱,大家正望着陆文宗往下跳,他也不能声张,还得一起凑热闹,抓住时机在陆文宗落入陷阱之前,从他身上再找点儿便宜。不这么着,天津卫便没了热闹,没有热闹,不知又要有多少天津卫爷们儿扛刀饿饭。

…………

大法官宣布休庭时已到中午,急匆匆跑到律师事务所,严而信要专访袁渊圆,请你就首次庭审发表感想。未及寒暄,严而信先就《晨报》发的"陆文宗访问记"向袁渊圆致歉。

"这一连几日我躲进书房准备辩护词。"轻描淡写,袁渊圆把不知道《晨报》发表陆文宗专访录的事绕过去了。而且直到今晨出庭之前他都没有浏览最近几天的报纸，可见他是直到昨天夜里还在"书房"里躲着。

"我想，如果大律师事先读过那篇专访，今天的辩护一定会更精彩。"严而信恭敬地说。

"关于今日的首次庭审，本律师以为……"避开严而信的纠缠，大律师一本正经地发表感想，严而信忙打开笔记本，一字一句飞快地记录着，眼睛紧盯着自己的笔尖。

说了一个开篇，大律师犯了烟瘾，他拉开抽屉取出一只四方漆绘大方盒，打开，取出一支吕宋大雪茄。这雪茄是很金贵的，八支雪茄的价钱顶得上一袋白面，非大阔佬是摆不起这份谱儿的。袁渊圆将雪茄的一端放到齿间咬开，随手从西服口袋里掏出一包火柴，嚓的一声，将一根火柴划着了。

呀！严而信心中暗自惊呼了一声，他一双眼睛亮了一下，握笔的右手打了个哆嗦。你道他何以大吃一惊？原来他看见大律师袁渊圆用来点雪茄的火柴，是一包满洲国产的旭牌火柴。

旭牌火柴，天津人是听说过没用过的。天津人称火柴为洋火，谓其原属舶来品之类，再通俗一些的称火柴为"玛曲头"，是日本语火柴的音译，因为天津的火柴厂是日本人开的。天津火柴品质粗劣，老大一个硫黄头，火柴盒两侧有粗砂纸，嚓地一声划着了，立时便是一个大火球，一股呛人的硫黄烟升起，酸得人直流眼泪，所以天津人一用火柴就骂日本国。日本人听了天津民众的咒骂之后，不多久便又研究成功了一种保险火柴。这种火柴杆长，除了在专门粘在火柴盒的细砂纸上划燃之外，其他在炕沿、鞋底、砖头上一概划不着，而且没有硫黄烟。一根火柴可以点十几盏汽灯，吸雪茄的人最向往这种旭牌火柴，只可惜，满洲国与关内两封锁，这种旭牌火柴一直没有传过来。

"本律师于初审辩护中……"袁渊圆足足地吸了一口雪茄，精神更加抖擞地说了起来。在一旁发呆的严而信还冲着大律师抛的那根火柴棍发呆，竟连大律师的几点声明都没记住。

"猴小子，跟我玩花活！"暗自在心中骂着，严而信更是得意。如今什么疑团也不存在了，袁渊圆以受理俞秋娘案为遮掩，暗中受侯伯泰派遣，跑了一趟满洲国。去满洲国做什么？拉皮条。华北局势微妙，天津的政客急于投门户、找靠山，于日本人进关已成定局之时，忙着安排自己来日的官运，有人做汉奸，有人附逆，天津卫爷们儿全被蒙在鼓里了。

"为此，本律师重申……"

袁渊圆说到兴奋时提高了嗓音，这才把严而信从痴呆中唤醒过来，他胡乱地在笔记本上划着，以遮掩刚才的暗自揣度。

第九章

"这场人命官司,太哏了。"

街谈巷议,天津城三教九流老少爷们儿妇孺童叟,人人都关心着这一桩无头案。每日天未明,卖报的童子便扯着沙哑的嗓子放声喊叫:"快来看,快来瞧,小媳妇上公堂人命一条。"比起报纸文字,童子们的词汇没有逻辑,但市民们一听就懂,大家纷纷跑出来把几份报纸一抢而光。看过报纸,人们便一番评说,豆腐楼、嘎巴菜铺、茶汤摊,市民们一人托着一只碗,一面吃着一面评论,有人说小媳妇可怜,有人说陆文宗可恶,有人说乐无由死得冤枉,也有人说此中有诈,既然讨到了如此可心的媳妇,还有什么活不下去的理由要投河?仁兄高见,金屋藏娇居然还要投河自尽,荒唐,荒唐!

而令陆文宗困惑不解的是,他隆兴颜料局的生意却因这场人命官司而变得极是兴隆。天津人爱瞧热闹,一场人命官司,人们早上往东方饭店跑,去看告状的小寡妇;下晌,人们又一齐来到隆兴颜料局,要看看这凶宅,何以就会被缠进了无头案。有人说一看这处颜料局的门脸就不吉利,两座山墙,北面巽三,南面艮六,每隔三年五载必有一次灾殃,最后迟早要毁于一把大火;还有人说这"隆兴"二字听着就别扭,兴隆二字本来是大吉,兴盛而且昌隆,自是胜哉,将两个字颠倒过来,就差之毫厘、谬以千里了。隆,栋隆起而获吉也,《易》传有言:"栋隆,吉",已是极盛之意;而"兴"呢,"天保定尔,以莫不兴",极盛之势又加振兴,难道就忘了月圆自亏、水盈自溢的道理了吗?光看门脸,讲不出学问,还要进去端详,走进人家店堂,如何好意思只东张西望一番便空手出来呢?天津卫老字号的规矩,敬客如宾,顾客走进门来,无论冠盖、布衣,一律先让座、后敬茶,掌柜的要陪过来问寒问暖,道过辛苦,小力巴儿在一旁垂手恭立,听候吩咐。大桶靛青,小包正红,大至十桶八桶,下至一小包颜料,做的是生意,得的是人缘儿。身高七尺,又是胡须又是眉毛的大老爷们儿,怎么能白吃人家一碗茶扑拉扑拉屁股抬腿就走呢?小包墨金、大包赭紫,用得着用不着,买回家去留着过年染门帘,算不得破费。

　　"这场官司倒是打着了。"惜金如命的陆文宗暗自好不得意,这可比在报上登广告实惠多了,上次《晨报》一则广告,很是被宰了个狗杀头,一腔的血全倒出来了。而这一场官司胜似广告,全天津卫人除了知道鼓楼、炮台、铃铛阁之外,一知道有个官银号,二知道有个隆兴颜料局。问天津爷们儿,天津市市长是谁,十个人中有九个答不上来;问天津人隆兴颜料局掌柜是谁,连吃奶的孩子都知道:陆文宗。陆老板已是和梨园界的几位老板齐名了。

陆文宗暗自估算了一下,天津卫住着十几万人口,若是人人都来隆兴颜料局走一遭,若是每个人都买走一小包颜料,这一茬生意做完,即使他官司打输了,赔偿费也从生意中赚出来了。对,就这样招呼!这场官司咱是黏黏糊糊地跟你泡上了,今日认账,明日翻车,闹得谁也不知是怎么一档子事,越离题儿,越邪乎,越云山雾罩,天津卫才越红火,隆兴颜料局的生意才越有干头。

"恭喜陆老板,贺喜陆老板,陆老板福星高照,此次要发大财了!"

你道这恭维话是谁说的?讲出来,你可莫骂我玩邪,此话出自侯伯泰、侯四六爷、侯大闲人之口,怪哉,怪哉,怪矣哉!

…………

一道帖子送到隆兴颜料局,侯伯泰恭候陆老板屈尊品茗。陆文宗拿着帖子犯了疑。

侯伯泰的大名,听说过,如雷贯耳,津门首富,第一贤人,乐善好施,爱管闲事,上至皇亲贵胄,下至军政要人,顶顶惹不起的人物都敬仰着侯大人。何以这位侯大人今日下帖子要拿小民陆文宗进府问罪？细思量，自己没惹着侯四六爷呀，虽说陷进了一场官司，但那个跳河的乐无由一准不是侯四六爷的人，稍微和侯大人有些瓜葛，也不至于沦落来隆兴颜料局管账。那么，侯大人有什么事要提自己去觐见呢？荣软？辱软？福软？祸软？陆文宗手捧着帖子翻了好一阵白眼，刀山火海，如今也是推诿不得了。

翻箱倒柜，找出来一套衣裤，长衫马褂穿在身上照了半天镜子，没有挑剔，再加上礼服呢千层底儿圆口鞋，俨然是一员老实生意人。想了半天，还是没带礼物，给侯大人送颜料，什么颜色全用不上，人家府上从来不自己煮染任何东西；买果子糕点，又不知道侯大人的口味，听说拜见名人明里送文房四宝，暗里送磨墨的女童子，大多是谣传，不可冒失。

掂量再三，陆文宗一不能爽约，二又舍不得破费，没带任何见面礼，空着一双手来到侯府拜见侯伯泰。仆佣通报之后，吩咐说在书房看茶。陆文宗随着仆佣，这才绕过影壁，往深深的庭院尽处走去。嗐，这侯府的深宅好大气派，回廊、矮墙，院里是假山、小溪，小溪是清清的流水，水上是点点睡莲，水下是悠悠的游鱼，入时的鲜花摆在青石道路的两旁，阵阵芬芳沁人心脾。摇了摇头，陆文宗对此颇不以为然。天津卫的老财讲排场,将钱都用在了"浮文"上,赚得多,花销也多,能挣钱能花钱,更有的打肿了脸充胖子,借钱摆阔气,身穿着绫罗绸缎,囊中一贫如洗。还是俺们山西人实惠,将银元封在大缸里,把大缸埋在个隐蔽处,心里踏实。平常日月,有钱人、没钱人全是清晨一人一个大粪筐,中午喝糊糊,谁的碗里也没有油腥。逢年过节,老财们有一件体面的长衫,穷人哩,则还是短衣短衫,三天过后老财们将长衫脱下收好,大家还是一个样儿。

"陆大人到。"仆佣在正书房门外止步,身子闪到下侧,垂手恭立半天报了一声,陆文宗才要迈步进书房,书房的雕花木格门已从里面无声地拉开了,木门两侧各立着一位婷婷的玉女,不由得陆文宗停了脚步,忙退下台阶,他怕自己错进了哪位小姐的绣房。果不其然,一股幽香飘出,陆文宗用力地憋了一口气。

"唉呀呀,陆老板屈尊寒舍,有失远迎。"亮亮堂堂的声音传出来,真是侯伯泰的书房,陆文宗这才远远地拱手施礼,摆出十足的斯文相,活赛是进翰林院会试,悠悠地走进了书房。

他找俺有什么事哩?坐在八仙桌上侧,望着女童子敬呈上来的茶盅,陆文宗还在暗中寻思。这许多年,虽说和侯伯泰同住在天津卫,可是人家侯大人是闲人,自己是个浊人,两厢从来没有往来,自己没什么事要求侯大人提携,侯大人也没什么吩咐要自己去办,活赛是武大郎见皇上,咱们爷们儿不是一路货。

"文宗客居天津多年,未敢造次冒失给侯大人请安,还望侯大人原谅。"陆文宗背书一般地诵念早就准备下的台词。

"哈哈哈!"侯伯泰笑了,笑得那么开朗,又笑得那样天真,明明是一个没有城府的和善老人。"一天到晚瞎忙,也想不起来见见各位富商巨贾,我不做买卖,生意道上的事一窍不通,我若是开商号呀,连这把胡子都得赔进去。"

"侯大人一生是富贵,自不必像我们这样支撑着门面吃苦受累。"陆文宗忙恭维着说,脸上赔着笑意。"也是,也是。"侯伯泰捋捋胡子表示赞同,"该操多大的心呀。市面上没人跟贵号找麻烦吧?有什么难处找我,官面上、青门、红门、租界地,咱还都有点儿面子。"

"嘻,别提了。"陆文宗提起伤心事,深深地叹息了一声,"这不是吗,平白无故地搅进了一场官司。"

"有人琢磨你?"侯伯泰立即面带愠色地向陆文宗询问。

"嘻,全是莫须有,莫须有,三个月之前,本号请来了一位总账,人呢,倒是精明,一手的好字,账面上也清楚……"

"行了,行了,你别说了,说了我也记不住,"侯伯泰从来不听别人讲述事件端倪，更不问原因结果，"这么说吧，是不是归了官面儿？进了法院？"

"都开庭审过一次了。"陆文宗的语调里带着三分的哭腔。

"哪位法官主审？"侯伯泰询问。

"大法官董方。"陆文宗回答。

"嘻，董方，老年兄呀！"侯伯泰一拍桌子笑了，"我的先父和他的老爹同在朝里当差，我的先祖父和他的爷爷是同年同科的进士，我们两个从小一块儿斗蛐蛐。后来英国公使来天津物色一个人去剑桥学法律，先是选中了我，我不愿意学洋文，这才让给了他。若不，如今我就是大法官了，该多累人呀！"

"既然侯大人与大法官是莫逆……"陆文宗站起身来深深地向侯伯泰施了个大礼，随之他就要讨人情去大法官门下通融。

"坐下，坐下。"侯伯泰让陆文宗坐好，这才又优哉游哉地往下说，"这种事有这么几个办法，陆老板，你听着呀……"

"文宗聆教，文宗聆教。"

"痛快法子，把那个缠事的东西打出公堂，判他诬告好人，罚他个十万八万的，让他倾家荡产……"

"那只是个穷妇人。"陆文宗忙解释说。

"就是呀,没什么油水。再一个法子哩,我这么说,你自己估摸着合适不合适。案子咱把它挂起来,一不判二不审,隔些日月开次庭,维持着热闹……"

"这,有什么好处呢?"陆文宗不解。

"哎呀,唯有表面上热热闹闹,扑朔迷离,暗地里才能做大生意呀!"侯伯泰身子向陆文宗靠近了一些,声音也低了下来。

"生意?什么生意?"陆文宗的眼睛亮了。

"自然是买颜料了,买军火,就找不到陆老板门下了。"侯伯泰故弄玄虚地眯缝着眼,嘴角细细地挂一丝笑意。

"发财啦,陆老板发财啦,货是有多少对方买多少,价钱由陆老板开,一概是黄金付款。"

"有这等事?"陆文宗扶着八仙桌站起来。

"这就是打官司的好处呀!"侯伯泰将陆文宗又按在座椅上,"人家买主说陆老板如今正吃官司,生意上不会惹人注意,而且报上还登了广告,专营西洋货,所以这才找到我头上,说要我一定帮这个忙,管这桩闲事。"

"买主是谁?"陆文宗问。

"满洲国!"

"啊!"陆文宗一声惊呼。

"满洲国出面,货送日本国。"

"倭寇!"陆文宗冷不防质问。

"哈哈哈,那是朱元漳时候的老话了。"侯伯泰挥了挥手说着,"如今叫日军,这话你可千万别往外传,不出一年二载,日军就要进关,天津卫这面青天白日满地红的大旗也挂不成几日了,及早打算,财神爷敲门了,陆老板,千载难逢的好时机呀,哈哈哈……"

…………

复庭。

大法官董方依然正襟危坐,但看得出来,精气神不如以前了。目光中既没有对弱者的同情,更没有对邪恶的仇恨,懈懈怠怠,明明他是在磨、在耗、在拖。

无关痛痒,他先向原告俞秋娘提几个问题,你丈夫既是被逼自尽何以没有写绝命书?俞秋娘回答说,俺汉子是个刚强人,有千言万语也沤烂在心里。随之大法官又向被告陆文宗提了几个问题,乐无由离开隆兴颜料局之前,有没有说过什么绝情的话?陆文宗回答说,他走就走了,临走时只嫌灶上做的饺子没搁香油。庭讯结束,双方律师开始辩护。

"女士们、先生们,世上什么事情最痛苦?世上又什么事情最幸福?失去幸福的人对幸福渴求得会更炽烈,而陷于痛苦的人不敢奢求幸福才是最大的痛苦……"有分教,这叫乌烟瘴气法,放烟幕弹,说废话,东拉西扯,满嘴食火,什么光阴似箭、日月如梭,什么天有不测风云、人有旦夕祸福……呵息,旁听席上人们开始打哈欠。没意思,没劲儿,人们伸伸懒腰无精打采地走了,走来走去连一个人影也不见了。大律师袁渊圆还在滔滔不绝地讲着,讲得满嘴冒白沫,讲得天昏地暗,讲得语无伦次。原告席上俞秋娘也打起瞌睡,身子摇了一下,脑袋险些碰在木椅背上,掏出粉红帕子揉揉眼睛,再努力装出一副思夫的痛不欲生模样。

"啪"的一声,严而信没好气地合上笔记本,将钢笔揣进衣袋里,顺手捡起礼帽,他也悄悄地离开了记者席。

第十章

上当了，被人"玩"了！

严而信气急败坏地跑回报馆，点燃一支香烟，一屁股跌坐在藤椅里。

及早抽身，倘若《晨报》再纠缠在这场人命官司里，最终必落个赔了夫人又折兵。细想起来，尽管这一阵报纸的印数上去了，也多揽了些广告，但读者、广告户原指望这场人命官司会打个水落石出，或是诬告栽赃，或是逼人致死，是非善恶要最终有个分明，恶有恶报，善有善报，人们要在心理上得到一些满足。但如今，人家明明是人命官司不急不慢地打着，而卖国交易又暗里紧锣密鼓地干着，什么陆文宗、袁渊圆、大法官、大闲人，他们沆瀣一气，合伙要把傻老百姓。

仗义执言吗？严而信才没有那份德行，他越寻思，越觉着自己不合算。为这场官司，他费尽了苦心，准备各项文书证件，制造乐无由和俞秋娘的夫妻合影，原指望大家伙一起靠缺德发财，大份小份，自己也能捡一份便宜。可是如今，陆文宗输不了，俞秋娘胜不了，谁想不打这场官司，大法官还饶不了，黏黏糊糊，一条线上拴一串蚂蚱，跑不了我，也蹦不了你，大家一齐缠着吧。自己不能再和他们缠了，一旦社会识破《晨报》挑起事端遮人耳目，暗中干政治投机，弄不好连老窝都要被人端了。

"严主笔。"兴冲冲，推开房门，闯进来了闲人苏鸿达，这一阵他举着烧饼照镜子——里边外边一起吃，很是得意，衣冠鞋帽，精气神，已然比过去强了不知多少倍。至少面上的饥色不见了，咳嗽一声，腔音洪亮，嘴里还总嚼着青果（橄榄），前几日一时高兴还镶颗金牙，这颗金牙镶的地方好，没镶在门牙上，是镶在上牙床的臼齿上，说话吃饭看不见，一笑便显露出来了，很是增了几分人品。

跑惯了晨报馆，苏鸿达已是随随便便，不等严而信让，自己先抓起一只杯子来倒茶喝。严而信用白眼珠子翻了一眼，他没觉出来，又一屁股坐在藤椅子上，随后抽来份文稿，没头没脑地乱看。

"你放下。"严而信从苏鸿达手里将文稿夺过来，气汹汹地戗苏鸿达。

"咦，这是嘛意思？没做好梦？"苏鸿达歪着脑袋似笑不笑地望着严而信，目光中带着几分诡诈。

"这里是编辑处，不可玩笑。"严而信板着面孔冷冷地说，"以后苏先生再有什么事，请在门房稍候片刻。"

"咦，跟我假正经。"苏鸿达嬉皮涎脸地打趣，"这一阵咱俩人可一起玩过不少地方，谁是嘛变的，可是全瞒不了人。"

严而信不理睬苏鸿达的耍贱，埋头只忙着处理文稿，把苏鸿达冷在了一旁。稍稍地，苏鸿达觉着不是滋味了，他将水杯在手心里转着，疑疑惑惑地问道：

"莫非，这场官司俞秋娘输了？"

"不知道。"严而信头也不抬地回答。

"大律师袁渊圆辩护得好卖劲儿呀！对了，那天休庭时，我找你，你也不知溜哪儿去了，大律师的辩护词文稿在我这儿，他吩咐我交给你，在报上登登。"说着，苏鸿达就掏衣袋。

"我要赶着去采访，苏先生自便吧。"严而信站起来就往外走，手里拿着锁头，示意苏鸿达，他要锁门。

"你这是往外撵我呀！"苏鸿达似是有些明白了，他一把拉住严而信，面对面地询问，"昨天还热热闹闹地忙活，一夜的工夫吃错了药，这官司不打了？准是你得够了便宜，可是两头答应我的好处，我还一点儿也没见着呢。你们抽身不玩了，把我干在岸儿上，两头的不是全落在我一个人的头上？不行，有话咱得说明白。天津卫你也扫听扫听（打听打听），玩人，休想玩到我头上！没点儿根基，咱也不敢在这码头戳着,没两下子,这几年早让人宰了。苏二爷全须全尾,人模狗样,走在街上人们爷、爷地唤着,回到家里邻居们点头哈腰地敬着,天津卫讲话,够板!是大老爷们儿,不做老娘们儿活,不做没屁眼子的事,明来明去,玩的是真刀真枪。姓严的,你听好了,谁不让我痛快,我不让谁痛快,跛拐李把眼挤,你糊弄我我糊弄你。合伙捏窝窝,大家伙全是正人君子;撕破脸皮,全他妈王八蛋。光脚的不怕穿鞋的,我一没有字号,二没有报馆。光眼子上街不寒碜,没有我说不出口的话,没有我做不出来的事!有人夸我脸皮儿薄,有人骂我脸皮儿厚,姓严的,实情告诉你吧,脸皮儿这玩意,压根儿我就没有!"

就在苏鸿达放泼的时候,严而信一使劲儿,早将他从屋里推了出来。当地一声,严而信把房门锁好,没有和苏鸿达打招呼,回转身去,一溜烟,严而信跑走了。

…………

"袁先生好。"严而信一溜烟跑到袁渊圆律师事务所,见到大律师,关上房门,打开笔记本,他做好了采访的准备。

袁渊圆打了个冷战,平日严而信采访自己,张口闭口称大律师,今天他只称先生,说不定其中有诈。

"严先生好。"袁渊圆冷冷地答应着。

"近来……"严而信把声音拉得细长,目光中闪动着一种挑逗,凌厉,却又莫测。"近来社会上传言,说有人为天津政界和满洲国拉皮条,不日之内,可能要有华北独立运动。本埠几位贤达于此颇有微言, 以为这位掮客于国难之时押大赌注,怕是凶多吉少。"

咕咚一声,袁渊圆跌坐在了沙发上,他全身哆嗦一下,又努力想镇定自己,掏出手帕拭拭额头,深吸一口气,取出雪茄,取出火柴,低头看见了火柴盒上刺目的"旭"字,又似被蝎子蜇了一般,忙把火柴盒抛开,又将雪茄扔在桌上。

"痛快、痛快!"终于,袁渊圆一拍巴掌,对于严而信的单刀直入表示赞赏,"想来严主笔已是拟好文稿了。"

严而信不点头,不摇头,撩撩眼皮,酸溜溜地望着袁渊圆。

"卖多少钱?"袁渊圆怒目反问。

"我想先知道这位掮客得了多少便宜?"

"果然是行家里手,不说外行话。"袁渊圆站起身来在屋内踱步,连连地点头表示佩服,"多少,总得有些蛛丝马迹吧。"

"第一,原湖南督军为做生意突然南下,"严而信掰着指头回答,"第二,侯伯泰突然去车站迎接王占元返津;第三,大律师大发善心受理了一桩无头公案;第四,办案期间大律师一连五天失踪;第五,回津后大律师点雪茄用旭牌火柴;第六,有人发现隆兴颜料局大宗存货外运包头,转道去满洲国;第七,有一卷立轴近日敬悉在满洲国总理大臣郑孝胥的客厅里出现,这卷立轴集唐人句:黄昏鼓角似边州,客散红亭雨未收。天涯静处无征战,青山万里一孤舟。"

"佩服,佩服!"袁渊圆终于心服口服了。"这样吧,我代严主笔去找这位掮客,一手交钱,一手交货,五万块钱,严主笔肯不肯迁出天津,荷锄归田,从此坐享荣华富贵?"

"钱一到手,我立即买船票南下香港。"

"好,一言为定!"

"一言为定!"

…………

"崴了,崴了,崴了大泥啦!"失魂落魄,一阵急急令,快如风,大律师袁渊圆跑到侯伯泰府上。进得门来,满头大汗,急得嘴巴直哆嗦,抖着双手,半天没说出话来。

"大律师这是怎么了,火烧了眉毛也不至于急成这个样子呀!天津卫,咱还有犯愁的事吗?快用茶,稳住精神慢慢地讲。"侯伯泰吩咐女童子为大律师单泡了一杯极品老君眉,一股幽幽的清香,果然令人心旷神怡。

"侯大人,走漏风声了。"呼哧了好一阵时间,袁渊圆这才安静下来,面带惊恐神色,将严而信找他敲竹杠事一五一十地向侯伯泰作了陈述。绘声绘色,他将严而信一副狰狞面孔说得好不怕人!"文章我看了,大题目是:瞒天过海人命官司打得难解难分;暗度陈仓秘密交易做得热火朝天。他一口价要到五万元,这小子胃口太大了!我就担心这小子日后钱挥霍光了再来敲竹杠。这可不是好玩的,天津多少军政要人的名声要紧呀,侯大人,您老不可袖手呀!"

"摆宴。"侯伯泰一声吩咐,早有仆佣在外面连声答应。

"我什么也吃不下了,侯大人,此事不可儿戏,一旦他把文章登在报上……"袁渊圆依然急得团团转,眼窝红红的,泪珠都快涌出来了。

"有嘛事也得吃了饭再说呀。"侯伯泰拉着袁渊圆就要往客厅走,"今天你来巧了,总统大人赏下来的南洋大翅,我吩咐下的菜单:诗礼银杏、一品海参、福寿燕窝、绣球鱼翅,最后是日本的金钱原汁鲍鱼,不可多得,不可多得呀!"

"侯大人,我吃不下。"袁渊圆确实是一点儿胃口也没有,一块重石压在心上,他哪里有心思去品尝什么美味佳肴呢?

"放心吧,天塌不下来。走,客厅里还有位客人,该已经入席了。"

"您老有客人,我更不便陪席了。"袁渊圆使劲儿地往后缩。

"嘻,不是外人,隆兴颜料局的掌柜,陆文宗。"

"啊!"袁渊圆打了个冷战,冤家路窄,今天一对仇人竟要在这里相逢了。"侯大人,侯大人,您老高抬贵手,这位陆文宗我是绝对不能见的,他见到我,还不得咬我一口呀!"

"他咬你干吗?谢你还谢不完呢!你不和他打官司,他何以会发财?哈哈哈,大律师,你真是明白一世,糊涂一时呀,翻手为云,覆手为雨,这普天之下,不就靠几个英雄好汉折腾吗!什么恩呀怨呀,不刮风不下雨,地里能长庄稼吗?前方陈兵布阵,杀得你死我活;后方里称兄道弟,合伙发财分钱的事多着哩,这么大学问,你怎么也犯起傻来了……"

哈哈哈,哈哈哈。

侯伯泰终于把袁渊圆逗得开怀大笑了。

哈哈哈哈!

严而信果然得了五万元大洋,发了停刊声明,关闭了晨报馆,他买了一张船票南下香港。他乘坐的是一艘日本客轮:八木丸号。租的是特等舱,只住他一个人。五万元大洋早换成期票,锁在手提保险箱里。他不与任何人接触,一日三餐只由侍应生送进舱来。离港二日,船驶在太平洋上,一日傍晚两名侍应生依然恭恭敬敬地侍候着严而信用餐,喝了半瓶法国白兰地,吃了一只烤龙虾,用了一份法式烩牡蛎。酒足饭饱之后,严而信点上一支吕宋烟,优哉游哉地望着两个侍应收拾餐具。餐具收拾完之后,两个侍应先向着严而信深深地鞠个大躬,随之说声对不起,于是便取出一个大麻袋,三下两下便将严而信装在了麻袋里,然后又在麻袋上系上块大石头,一二三,趁着海浪的一个颠簸,便把装着晨报主笔严而信先生的大麻袋扔到海里去了。

呜呼哀哉,一代"名记",就此销声匿迹了。

苏鸿达哩?苏鸿达没去找任何一方敲竹杠,他还等着复庭打官司呢。不知怎么地,他忽然发现《晨报》买不到了,因为和严而信怄着气,他没去晨报馆询问。无事,他便依然在大街上闲遛。

时间已是前晌十点,天津卫半城闲人纷纷上街闲逛,有找饭吃的,有看热闹的,有瞎撞的,更有想出来跟着起哄的。人头攒动之中,苏鸿达来到天津卫最热闹的所在——南市大街街口,正巧一个报童迎面走来,苏鸿达大声唤住了他:"来份《晨报》。"说着,苏鸿达往口袋里掏零钱。

"没有。"报童不多作解释,只答应一声便侧身走过去了。

"这位二爷要看《晨报》?"应声,一个三十几岁的汉子走近来,极有礼貌地询问。

"看惯了《晨报》,这两天没看着,心里还真烦闷,也不知那场人命官司打得怎么样了。"苏鸿达也极有礼貌地回答。

"二爷随我来。"陌生汉子心诚意实地要领着苏鸿达去买《晨报》,苏鸿达自然紧紧地在后面追随而去。走出南市大街街口,绕进一个小胡同,没有一袋烟时辰,苏鸿达便又从那条小胡同里出来了。

我的天爷，出来时的苏鸿达可是和进去时再不一样了。苏二爷的马褂没了，长衫没了，礼帽没了，千层底圆口布鞋没了，丝线洋袜子没了，内衣小褂没了，裤头子没了，赤光光，白条条，一丝不挂的大光腚苏鸿达，被人从小胡同里给推了出来。

"我的天呀！"苏鸿达一手护着前，一手捂后，面向着墙壁，紧紧地蹲下来，身子缩成一团，脑袋低得夹在一对膝盖当中，臊得连后背都赤红赤红的。

"咦，这位爷这是怎么了？"呼啦啦，围上来几百位闲人，说东道西人们围观这场千载难逢的热闹。

"马路洗澡！"闲人某甲一语惊人，逗得众人放声大笑。

"嘘——"在场的也有明白人，闲人某乙止住众人的笑声，极是严肃地对大家解释说，"这必是一桩闲事没管好，得罪了有权势的要人。这叫寒碜寒碜。认便宜吧，一不要人命，二不伤筋骨，三不吃皮肉之苦，就是让他在太阳地里晒晒私处，过过风，改过自新吧，往后要少管闲事。"

"好心的爷们呀，积德行善，您老赏我块布头，我好遮住身子回家呀！"苏鸿达苦苦哀求，那神态，那声音也着实透着可怜。

"哎，闲事管不得呀！"看热闹的人只在一旁评说，就是没有人肯舍给苏鸿达一件衣服,众目睽睽,真不知苏鸿达要晒到几时。

一九三七年七月七日,日军在华北发动卢沟桥事变。未及几日,日本占领天津,从此天津百万民众沦陷于军国主义占领军的铁蹄之下。

同年九月,天津建立为特别市,大法官董方依然继任大法官,大律师袁渊圆依然是大律师,隆兴颜料局生意更加兴隆,天津闲人侯伯泰依然是天津第一闲人。

至于那场官司呢?自然也就了结了。侯伯泰大人行善举,给了俞秋娘一千元大洋,令她回乡守节去了。为此,侯伯泰府上又由众人敬献了一方善匾,那匾上刻的四个大字是:佑我一方。

矣焉哉,往矣!

高买

第一章

公元一千九百零一年,清光绪二十七年,有几桩非凡的事件震惊了天津卫的三教九流父老乡亲,也震惊了古国中华的天朝龙廷。一时之间沸沸扬扬,很是让天津城和天津卫的老少爷们儿出尽了风头。

对于清朝政府丧权辱国的卑劣行径,天津人早恨得咬牙切齿,自一八四〇年鸦片战争失败以来,每次朝廷和洋人宣战,最终都是以在天津派员向洋人求和为结局。一次一次的卖国条约全是在天津签订的,什么中英天津条约、中法天津条约、中俄天津条约,等等等等,不一而足,好像天津这方宝地原来是古国中华走背兴字的地方,风水先生称这类地方为扫帚尾巴,狮子老虎到了这地方都患半身不遂,天仙美女降到这地方准变丑八怪。天津爷们儿不服,大家伙说咱这地方是九河下梢,有名的水旱码头。上有三沽:直沽、西沽、丁字沽;下有三洼:南洼、北洼、团泊洼。南有挂甲寺,唐太宗征辽,在此挂甲登程,挂甲寺内有四景:拱北途岑,镇东晴旭,安西烟树,定南荷风。西有铃铛阁,护佑着沽上沽下津门故里的善男信女。海光寺初名普陀,建寺之前夜有白光,高烛数丈,大士像从京师万善寺延致,"随处潮音"乃圣祖赐额,除此之外还有望海楼,天后宫,大红庙,小红庙,老龙头火车站,万国铁桥大码头……这地方能不吉祥吗?自打开埠通商以来,商贾云集百业兴旺,谁到了天津谁发财,天津卫这地方遍地是大元宝,连叫花子都吃精米白面酱猪肉,真是享不完的荣华富贵。

可是天津人还是被人蒙在鼓里了,莫看天津街面上店铺毗邻,莫看租界地里正大兴土木,莫看商号里满满地摆着绫罗绸缎洋广杂货,莫看白花花的银子沿着街面流过来流过去,其实这天津卫凡是摆出来卖的物什,全是些不值钱的破烂儿,真正的大宗交易却只在神不知鬼不觉之间暗中进行,一宗生意谈妥,半壁江山易主。什么买卖如此兴旺?卖国!

卖国的买卖没有老百姓的份儿,有了赚头,分红时也落不到老百姓头上,而且越是朝廷忙着卖国,老百姓才越是盼着治国,于是乱世奸雄和治国英豪应运而生。当然,有时候乱世奸雄当道,也有的时候治国英豪主政,因之才时而如此时而如彼,搞得天昏地暗。最可怜是老百姓浑浑噩噩,糊里糊涂,他们竟也分不清哪个乱世,哪个治国,终日只是指望在台上的能多办些好事,自己也好体验体验生逢盛世的幸运。最可怕的是乱世奸雄和治国英豪竟会集于一人之身,老百姓就傻了,天津卫讲话:"瘪"了。

如此,就出了一位如此这般出类拔萃的人物——袁世凯。

袁世凯怎样起家的,这里按下不表,单说袁世凯出任直隶总督之后,按照圣上推行变法的旨意,在天津执意推行新政,他筹饷练兵,变革军制,考核吏治,兴办学堂,改革司法,创建实业,推行立宪,试办自治。而此中最为难能可贵者,是袁世凯要维新民风,治理地方,彻底铲除天津地方的种种弊端。

袁世凯由天津起家,对天津地方的种种恶习嫉恶如仇,他认定天津有四大害,一曰混混,二曰盗贼,三曰鸦片,四曰娼妓。此四害不除,天津城无新政可言,天津城也永不会有什么幸福美满新气象。

说起天津的混混,真可谓可恶至极,寻衅闹事,聚众斗殴,白刀子进去,红刀子出来,抽黑签,跳油锅,两根手指从火盆里捏出个烧得红红的大煤球优哉游哉地点烟袋,眼望着两根手指被烧得冒出两股白烟,面不变色心不跳,依然谈笑风生洋洋自得。可恨!袁世凯一声令下,把满天津卫的混混全收进了大牢,一个个提审,一个个用刑,压杠子、打板子、烟熏火燎,服输的,大堂上跪下磕个头,开枷松绑,乖乖地爬出去,从此改邪归正,再不许在街面上耍混不讲理。果不其然,这一着真见成效,成百上千的英雄好汉们一个个全"孙子"了,此中也有几条好汉,至死不低头,结果还真被袁世凯给活活收拾死了。为表彰袁世凯治理混混有功,天津人送了他一个比混混还混混的雅号——混世魔王。

下一步,混世魔王袁世凯要整治盗贼了。

作为维新人物,就要有维新的招数,变法维新,推行新政的一大特征,便是政以民为本,变圣上旨意,官家命令为民众要求。为此,袁世凯总督于天津创立了天津议事会,这下一步治理盗贼,要先由民众代表出面向总督大人呼吁,然后总督大人才能下狠手。

这一天直隶总督衙门开府议事,袁世凯自然着朝服于大堂上正襟危坐,两班衙役肃立左右两侧壮威,各位帮办、署理、阁僚、师爷更是各就各位面色如铁。议事开始,行过官礼,一位议事老人由衙役引导步入议事堂,面对袁世凯,从腰间取出一卷文稿,音色朗朗地读将起来。

这位议事大人,姓杨,名甲之,雅号蕉亭老人,是清史馆一位赫赫有名的编修,袁世凯到天津立议事会,便延请杨编修出任议事代表,参与治理朝政。议事会的规格高,议事代表和总督大人平起平坐,且天津议事会只设议事代表三人,杨编修德高望重,顺理成章便成了首席人物。

"变法以来，累经三月，总督大人劳心焦思，几废寝食。推行新政，成效卓著，津门七十二沽黎民安居乐业，政通人和，真乃百年未有之国泰民安景象。唯天津地处九河下梢，八方民众杂处，其中刁民者流，作恶多端，或聚众斗殴，或为匪为盗，骚扰乡里，民不聊生，此辈一日不除，天津一日不宁。如是，本参事受议事会之托，专此向总督大人提出奏议，于此华洋交替之际，严防盗贼乘间思逞。为治理地方，着即日组办巡警局，立捕快，设缉拿，根除盗匪，及至蟊贼扒手。遇有可疑之人，不问平日操何职业，不问初犯惯犯，立即拘之于狱，着其习艺务劳，弃恶择善，革心洗面，重做新人，于其屡教不改者，则动用严刑，着其老于狱中，再无做恶之机……"

读一句，蕉亭老人得意地抬一抬头，向各位幕僚们显示自己非凡的风韵，直到后来，蕉亭老人已是手之舞之，足之蹈之，类似发表演说一般，袁世凯坐在大堂上看着心里似也不太舒服，他看不惯这类不知好歹的书呆子们在朝廷大臣面前的放肆大胆，但推行新政，就要有行新政的襟怀，看不惯也要看，听不进也要听，明明知道不玩这套把戏我也是该干什么就干什么，但总也要耐着性子把戏唱完，把台步迈稳当了，然后自己才能表示采纳民众奏议，干一番整治人收拾人的勾当。

"为此。"蕉亭老人干咳一声,立即就要宣读治理盗贼的具体奏议了,忽然他抬起头来,目光向袁世凯座位背后的公堂墙壁上望去,似乎他看到了什么异常的现象,声音戛然止住,眨眨眼睛,咽一口气,活像是忘了台词。大堂两侧众人先也没有十分注意,仍然等着蕉亭老人继续宣读议折,谁料杨甲之老人竟目瞪口呆地傻站在袁世凯的对面,不眨眼不喘气,呆成一根木桩了。

顺着蕉亭老人的目光,众人向袁世凯座椅背后的墙壁望去,"啊!"的一声,众人也随蕉亭老人一起被什么异常现象吓呆了。

墙壁上秃光光,用来标志袁世凯身份的朝廷赏赐的黄马褂,不见了。

几位师爷吱愣一下从座椅上跳了起来,这还得了,没有这件黄马褂,袁世凯就是一介草民,他有什么资格耀武扬威地坐在总督大人的宝座上?没有这件黄马褂,参议大人又在向谁宣读奏议?没有这件黄马褂,这两班衙役,满堂官员,岂不成了在唱戏?

糟了,倘若是哪个师爷忘了今天将黄马褂悬在堂上,总督大人再宽厚,也要问罪杀头。平日,黄马褂悬得稍稍偏了一点儿尺寸,还要重责四十大板呢,今日居然忘了悬黄马褂,岂不是将总督大堂变成了黑衙门?

“退堂！”

袁世凯是个何等精明的人物，他没有回头，只看着蕉亭老人惊慌失措的神态，只看两侧衙役师爷个个全身颤抖的恐惧模样，只看报界记者匆匆忙忙连写带画的情景，他知道出了差错，而且这个差错不小，且必是出在自己的身上。他估摸着此事与自己的私房有关，说不定是自己嘴巴上留有粉脂的残痕，袁世凯有正妻一人，姨太太九人，新近又得了位宠物儿，立为十一姨太，这小东西爱咬人，袁世凯早提防说不准哪天会当众出丑，急急忙忙，抬手捂住嘴巴，袁世凯喊了一声“退堂！”

“总督大人恕罪，小的们罪该万死。”大堂里黑压压一班人等跪在地上磕头如捣蒜。

“不是尔等的过错。”袁世凯一挥手宽恕了众人。

“这明明是太岁头上动土！”蕉亭老人双手挥动，这才提醒了手足无措的众人，这场惊变，原来是故意有人给新到任的总督大人“栽面儿”，天津卫讲话，这叫马前泼水，煞一煞你的威风，明知道总督大人要动手收拾盗贼了，先迎面杀你个措手不及，横一道门槛儿，有本事迈过去，才是你的天下。

“蕉亭老人息怒。”反过来，倒是袁世凯来劝慰议奏根除盗贼内患的杨甲之编修老人了。“天津卫的世面，我见识过，这摘黄马褂的能人,如今必还在这大堂之内。"

"啊!"众人一片唏嘘,禁不住彼此张望,看看谁是这个偷黄马褂的大胆贼人。

"大胆的刁民,你听着。"袁世凯双目环顾四周,不知向着什么人,大声地说起话来。"我一不提你,二不罚你,只着你三日之内将圣慈的恩赐完璧奉还,有话当面见我,本总督你是条好汉,退堂。"

…………

堂堂一位总督大臣,何以肯屈尊面见一个梁上君子?此中有分教:

中华古国,礼仪之邦,扒、偷、盗、窃,均为人所不齿,儒家老祖宗,至圣先师孔子过于盗泉,渴而不饮,给后人留下了渴不饮盗泉水,热不息恶木荫的美名,至使后来如我辈者,抗日时期不食"味の素",抗美时间不喝可口可乐,壮矣哉,谁谓人心不古?自然也有一时不明真相误饮盗泉水、误食盗食的,怎么办?也有楷模,史载:东方有爰旌目其人者。饿于道,孤父之盗曰丘,见而怜之,下壶餐以爰旌目铺后问曰:"子何为者也?"盗丘答曰:"吾孤父之人丘也。"爰旌目君大惊曰:"嘻!汝非盗邪!胡为而食我?吾义不食子之食也!"于是这位正人君子双手据地尽力呕吐,没吐出来。后来呢?有的说他"遂忧而死",也有的说他也就算了,只是记取教训,再逢饥不择食之时,先要向施舍衣饭的人问一声:"汝盗乎?"

如此这些固然都说是不饮盗泉,不食盗食的君子作为,其实哩,圣人生而大盗起,堂堂古国,也是既有圣贤又有贼。周朝,那是被孔圣人推崇的最讲究礼仪,最崇尚忠义的时代,周朝出了大政治家,出了大圣人,同时也出了大盗,而且这位大盗十分得意,夸口说自己"名声若日月,与舜禹俱传而不息。"请看,流芳千古和遗臭万年的客观效应是等同的。纵观一部中国五千年历史书卷,越是盛世,盗贼越多,五千年的昌盛史,竟还伴着五千年的偷盗史,以至于使只记仁义道德的史书,有时也不得不记载下几桩偷盗事件,而且说得玄乎些,这几桩偷盗事件居然是改变了历史进程的事件,非同小可。

中国的第一大偷,发生在史前期,后来传说是发生于上界,那就是孙悟空偷蟠桃,如此才引起了一场恶战。如果孙悟空不偷蟠桃,太上老君不会收他在八卦炉中,倘他不炼就一双火眼金睛,谁又能护佑唐僧去西天取经?倘若唐僧不去天竺国给咱们取回那几卷经书,咱们至今必是陷于水火而不知,你道可怜不可怜?

从此之后,圣人不绝,盗贼不息,有的人一面作圣贤还一面偷东西,有的人自己作圣贤,却指使别人去偷东西。昔有孟尝君者,好养士,平日供养着鸡鸣狗盗之徒,最终这几个盗贼还真帮他解了困厄,夜为狗,入秦宫取出狐白裘,这才把这位大圣大贤救了出来,你看这圣贤与偷盗岂不就成了姐妹职业了吗?再以后,蒋干盗书,堂堂一位军师、参谋长,居然亲自出马去偷东西,实在丢人。更有甚者,明明是偷人家物什,还要为自己遮掩,如草船借箭。借,要双方同意,而且还要打借条,立字据,有利息,还要有归还日期,明明是趁着江上的蒙蒙大雾,偷潜入对方的水域,虚张声势将人家的箭支偷来,却偏要避开一个"偷"字,说是借箭,天公有灵,到底没让他成事。

偷、扒、盗、窃,这几个字着实是太难听了,至于那个"贼"字,连偷东西的人自己都忌讳,中国人不肯干那种伤害他人尊严的事,轻易不骂别人是贼,只称是扒手。偷儿,再文雅些,称作"高买",至于那个"贼"字,那是咒骂乱臣奸佞的。《三国演义》里骂董卓为贼董卓,因为他篡了汉室的天下,京剧里皇帝老子动不动地就指着一个人的鼻子骂:"老贼呀!"那就意味着这个人该杀头了。

从字义上讲,偷东西的人即称之为贼,但中国人决不肯轻易骂人为贼,轻慢一些的称呼:扒手,天津人称"小绺",官称为"剪绺",江湖黑话称之为"瘪三码子",指的全是暗中伸小手将别人的钱财"绺"走据为己有。称之为"绺"形象而又生动,还表现出了那种淘气的神态。高雅一些,称梁上君子,进入二十世纪以来,偷东西的不上梁了,于是便有了更高雅的称谓:高买。

真是一个雅号,这"高买"二字简直就是中华古老文化的结晶,洋人无论如何也组合不出这个词来。洋文讲词根、词尾,高就是高,买就是买,是高高兴兴地买,还是高雅地买,一定要含义确切。中国文字则不然,高买就是高买,既不是高兴地买,也不是高雅地买,是买东西不付款,不掏钱。买东西不给钱,高不高?高!真是高,这就叫高买。

就在袁世凯丢黄马褂的第三天,总督府门外就来了这么个非凡的人物,自报门户:高买陈三,求见总督大人,负荆请罪。

袁世凯没有穿官服,只穿一件藕色长袍,外罩一件棕色马褂,看上去不像是一位封疆大臣,倒更像是一位和善老者,因为倘是穿官服,一位是总督大人,一个是偷了总督大人黄马褂的盗贼,那就要公事公办,轻则收监治罪,重则杀头问斩。陈三也没有行大礼,只深深地打个千儿,便退后一步,乖乖地站着,等袁世凯问话。

袁世凯虚眯着眼睛向陈三望去,只见这陈三约莫四十岁年纪,瘦瘦的身躯,一不像莽汉,二不似强梁,倒有三分像个账房先生,七分像个乡绅宿儒,脸上没有横肉,双目不见凶光,面容倒显得格外的安详和善。看他身体不轻巧,未必会蹿房越脊,跑起来也未必如草上飞,看他双臂轻垂无力,不像是能举什么千斤的重量,一把骨头架子,既不像有硬功底子,也不像会什么轻功,平平常常,不惹眼,带着三分窝囊相。

"圣慈的恩赐是你请走的?"袁世凯半信半疑,轻蔑地从嘴角流出一丝声音。

"陈三有罪。"陈三又是一拜,只一只巴掌在地面触了一下,象征性地施了一个大礼。

"想干什么?"袁世凯问。

"求总督大人给哥们儿弟兄留一碗饭吃。"陈三话音平和,但一字一字非常清晰,不卑不亢,既有央求,又不低三下四。

"有话你明说。"袁世凯由众人侍奉着燃上水烟袋,斜着眼睛望望陈三,顺声说着。

"总督大人推行新政,"陈三躬身肃立,毕恭毕敬地回答,"市面平定,百姓安居乐业,这是小民们的造化,如此一要感激皇恩浩荡,二要感激总督大人治理有方。"

袁世凯没有点头,也没有摇头,只吱吱地吸着水烟,由陈三述说下去。

"论到天津的混混,实在是可恶至极,这等人每日无事生非,欺凌百姓,打起群架来更是你死我活,折腾得众百姓叫苦不迭。混混们打架肇事，一不为糊口养家，二不为立足谋生，他们争的只是个人气势，壮的是自家威风，只想称霸一方，为非作歹，这等孽障一日不除，天津卫一日不得安宁。"

"偷窃蟊贼最是可恶！"袁世凯恶汹汹打断陈三的狡辩，狠狠地瞪了陈三一眼，那凛凛然的气势，也真令人不寒而栗。

只是陈三似是什么也没有听见，又什么也没有看见，他依然用那伶俐的口齿侃侃地说着："七十二行，有君子上梁，老祖宗知道后辈有不事耕作者，才留下了这一桩也算是糊口谋生的行当。常言道：市井无偷，百业皆休；乡里不偷，五谷不收，有偷百业兴旺，无偷百业凋蔽，偷不进五女之家，是说五女之家无以维持生计，偷儿不进，并非吉祥，实乃晦气绕梁家道败落。且天津卫地处九河下梢，市面繁荣，商贾云集，只凭君子交易，便宜被人家沾走了，肥水进了外人田，有高买于中有所获取，也是为本乡本土省下一些财力，否则这一行万八千人该由谁供养？治盗、治匪、治混混，那一类人等不忠不孝，为非作歹，治一个少一个，乡里多一分安宁。只是这高买一行，倘若断了活路，天津卫表面看来人人君子模样个个圣人打扮，只怕到那时真要有不知多少户人家走投无路，或举家自尽，或铤而走险，那岂不是市面更加动乱，日月越为不宁了吗？"

"天津卫吃这行饭的有多少人？"袁世凯的怒气似消了一些，他以冷冷的口气询问。

"陈三放肆，在这天津地方，吃高买这行饭的，全都拥戴陈三，总督大人面前容陈三冒用一个'老'字，黑道上称我是老头子，全天津卫路南路北河东河西城里城外，吃黑钱的，少也有一万多人。"

"嗯——"袁世凯暗中吸了一口长气，这许多人如何能全抓来下牢？也没有这么多的牢房呀，更何况这些人即使再可恶，总也不致于到杀头问罪的地方，你一不能杀他，二不能关他，抓起来一放出去，大家白怄一肚子气，他故意和你找别扭，说不定哪一天朝上召见，急匆匆丢了什么奏文，丢了顶戴花翎，那才真要给自己惹下大祸了。但袁世凯嘴硬，他决不肯在陈三面前败了自己的气势，便依然壮着神威说道："莫说是一万，就是十万八万，我也要铲除干净！"

陈三没有争辩，仍然心平气和地说着："常言道，事情不可作绝，与人方便，自己方便，总督大人高抬贵手，这行人就有了饭吃。退一步说，既然总督大人真的铲除了天津高买，到那时上海帮、汉口帮见到天津遍地淌油，他们便会蜂拥而来，这许多人来无影去无踪，砂锅捣蒜，干的是一槌子买卖，做的是"绝户活"，到那时真不知要给总督大人惹下多少麻烦，只怕总督大人连个穿线儿的都找不到，这推行新政，安定乡里又从何谈起呢？"

"哈哈哈哈！"冷不防，袁世凯朗声地笑了起来，嗳的一下，袁世凯又突然止住笑声，伸着一根手指戳着陈三的鼻子尖说道："好一个狡狯的陈三，你休想用花言巧语迷惑本府，我来问你，你一不瘫二不废，明明有织布耕田经商贩卖的光明大道不走，何以偏要干这些损人利己的勾当？"

"回禀总督大人的示问。"陈三上前又施了一个大礼，才又娓娓地述说起来。"逼良为娼，这便是许多人误入吃黑钱险途的缘故，不是吾辈不愿耕田，只是我辈无田可耕，天津卫地界本来地少人多，即使从东家能租上三亩两亩田园，辛劳一年也依然是养不活一家老小，上是二老双亲，下是妻子儿女，堂堂六尺须眉怎忍心看他们挨饿？经商要有财力，织布要有手艺，贩卖还要有个小本钱，我这等人两肩膀扛着个脑袋，还要养活一家老小，从乡里父老手指缝间拾些残羹剩饭，一不伤天害理，二不打家劫舍，况且天津卫遍地淌着白花花的银子，养活这一些人，本来不费吹灰之力，何必一定要逼人走绝路呢？"

"听说天津卫的高买个个都身怀绝技，你既然夸下海口自称是什么小老头子，那你就在我面前露一手吧。"对于陈三的一番陈辞，袁世凯置若罔闻，一时高兴，他要给陈三出个难题，要他在众目睽睽之下作一番表演。

"陈三不敢。"本来陈三还要为自己的本行们争辩,突然间袁世凯换了话题,没有准备,他忙上前一步又给袁世凯施了个大礼。

"瞧见了吗?"袁世凯拍拍马褂的大衣口袋,硬梆梆,衣袋里有个沉甸甸的物件,顺着袁世凯的手掌望去,金灿灿一条表链系出来,金表链挂在马褂衣襟的纽襻上。"这乃是圣上的恩赐,荷兰国进贡的珐琅自鸣钟,"果然,是一件价值连城的怀表。

袁世凯招了招手,让陈三过来看仔细,又让身旁左右的差役、仆佣们也看仔细,然后他细丝丝地冷笑着对陈三说:"你能在我不知不觉之间,将这件自鸣钟取下,刚才你一番诡辩就算有了三分理,高买这一行,不在惩治盗匪之内;倘你笨手笨脚取物时被我察觉了,或是被这许多人看出破绽,国法不容,我立即差人将你拿上大堂用刑问罪,天津卫吃黑钱的,有一个算一个,我全要捕拿下狱。"

"总督大人难为陈三了。"陈三诚惶诚恐,连连地给总督大人作揖施礼。

"你们瞧,他怯阵了。"袁世凯笑着对身旁的人说:"你们都给我提着点儿精神儿,谁当场抓住他,重赏。哈哈哈!"

袁世凯开怀地笑着,他身旁的衙役、仆佣们更是团团将他围住,一是不给陈三下手的机会,二也是想在总督大人面前立功请赏。

"你动手呀!"袁世凯催促着陈三。

"动手呀!总督大人赏脸,你莫不识抬举。"衙役、仆佣们也在一旁催促。

陈三自然畏畏缩缩,似是在琢磨总督大人到底是真想开开眼界,还是要故意抓自己的破绽,犹犹豫豫,战战兢兢,他就是不敢靠近袁世凯的座椅,只远远地站在一旁支支吾吾,样子十分可怜。

"我看你是诳世呀!"等了好长时间,陈三就是不肯下手,袁世凯哈哈大笑几声,一挥手,翻了脸。"来人哪,把这个贼子拿下去!"

"喳!"衙役们早等着这句话,当即七手八脚就向陈三扑过去。陈三一时惊慌,"扑通"一声跪在袁世凯身旁,双手扶着袁世凯座椅的靠背,一迭连声地苦苦哀求:

"总督大人息怒,实在是小的不敢造次,圣上的赐物佩在总督大人的身上,小的如何敢触犯贵体,只请总督大人将这件自鸣钟交到小人手里,容小人于总督大人不知觉间再奉还原处……"

"好,就依了你的恳求。"说话间,袁世凯伸手到马褂衣袋里去取自鸣钟,谁料,他手掌在衣袋里抓挠了两下,竟木呆呆地停在了衣袋里,好长时间袁世凯一动不动,眼睛眨也不眨,连嘴巴也微微地半张了开来。

　　顺着袁世凯的手掌望去,众人这才看清,原来挂在袁世凯马褂衣袋边上的那条金灿灿怀表表链已不知什么时候不翼而飞了。

　　"总督大人息怒,陈三放肆了。"跪在袁世凯座椅旁边的陈三一对手掌伸开,手掌间托着一件珐琅自鸣钟,那条细细的表链垂下来,正在陈三手掌下面微微晃动呢。

第二章

　　袁世凯爱才,而且用人唯贤,恰值推行新政,效法西洋东瀛,天津府设巡警局,巡警局内设捕快,于是这位陈三——天津卫大偷小偷黑钱白钱的祖师爷,名震江南江北的高买,便做了天津巡警局的捕快帮办。

　　从此,陈三开始为朝廷当差,穿的是官服,吃的是俸禄,堂哉皇哉的地方官员。袁世凯的新政不讲品,陈三一直也没闹清自己的品位。总督府全体官员开会议政,没有他;参加各类庆典,没有他;逢到喜庆吉日封爵晋升,也没有他。平日他不去巡警局,不见招呼也不许他进巡警局,往昔如何打发日子,如今一切照旧,只在有事找你的时候,陈三才敢使用自己的官号——捕快帮办。

　　捕快帮办办什么差?捕人呗。捕哪一个?自然是黑钱白钱。捕革命党,没有陈三的事;捕拿奸细,也没有陈三的事,查勘商行铺面,敲竹杠,分不到陈三的头上,陈三办的就是以偷治偷的差事。袁世凯推行的新政,如果说和朝廷的旧政有什么区别的话,那就是朝廷以读书人治天下人,清朝再加上一个以满人治天下人;新政的"新"字,就在于治什么人用什么人,治贼,用贼头;治混混,用混混头;治税,用奸商;治地方,用痞子。那么读书人还有用处没有?有,治读书人时再用读书人,治起来格外得门道,那才是治得准,治得狠。

果然卓有成效,自从陈三出任捕快帮办以来,天津市面安静多了。这倒不是陈三为治理天津市面下了什么力气,而是陈三因身为高买这一行当的老头子,有他在位,就谁也不敢作出圈儿的事。

各行有各行的规矩,各行有各行的门道,中国之大,江南江北干高买这一行的各成体系,上海、广州、汉口的帮派,非内里人不得而知,只天津卫的内情,天津人也未必人人都能略知一二。

作贼行窃,不是什么人都能干,更不是什么人都配干的,黑钱,高买,只是作贼行窃的一个小小分支,作贼行窃有三十六条道,黑钱高买是其中最本分、最仁义、最体面的一条道。

窃贼不是盗匪,二者泾渭分明。有典可据:"凡财物所有权之在人者而我取之也,以强力行之者为盗,其得之也曰抢;以诡计得之者为贼,其得之也曰窃。"为盗者,沦落于草莽之中,或隐于树后,或伏于墓中,遇有子身而过者,操梃而出,劫其所有,可憎可恶。然大律颁定,几只图财而不害命者,不杀,故此类盗匪多以恫吓为能事,从不敢白刀子红刀子地认真比划。此外尚有趁火打劫者,偶见时机,顺手牵羊,类似后来的"业余"者辈,则民不告,官不究,偶而为之,何必认真。至明火执仗,成群结伙,携刀带枪,聚众成势,则非同小可了。初起时,与官府勾结,所得不义之财按例分赃,渐至势众,令官府望而生畏,直到占了一个山头,霸了一方地界,再壮声威,真有改朝换代夺了江山的。只是到那时便与盗无干了,千家万户颂圣恩,黎民百姓还要给他磕头哩。

至于窃贼,则更有一番分教:

窃贼一行,行于陆者十二:曰:"翻高头",越墙贼也。曰:"开天窗",掀瓦入室贼也。曰"开窨口",掘洞贼也。曰"撬排塞",撬门锁也。曰"踏早青",清晨窃物也。曰"跑灯花",薄暮行窃也。曰"铁算盘",行窃于商场也。曰"收百物",乘人不备见物即取也。曰"扒手"、曰"插手"、曰"对买"、曰"拾窝脖儿",乃偷鸡贼也。行于水者有三:曰"钻底子"、曰"挖腰子"、曰"掉包"。行于空者,无,人没有翅膀,飞不上天空。可见,没有人的地方,不会丢东西。

如今论到"高买",十二宗里有三宗,扒手、插手、对买。即不飞檐走壁,不穿房越脊,不盗洞,不入室,不拧门撬锁,不顺手牵羊,靠的是眼神儿、手法,做的是活。在行窃者当中,高买是上等人,明来明去,有分教,此谓"走明路",和"钻黑道"的不可同日而语。而且高买算社会贤达,混到老头子的份上算社会名流,历任地方官到任,拜会地方名绅富贾宿儒,其中也包括高买,名正言顺,称得是位人物。

天津卫的高买最有名,讲仁义道德,辅佐当今圣主,活也做得干净漂亮。说仁义道德,高买有三买三不买,一买商店洋行,不买钱庄银号,二买行商老客,不买婚丧嫁娶,三买金银细软,不买锅碗瓢盆。有了这三买三不买,高买在天津爷们儿当中落下了好人缘,高买干得越欢,百姓看着越解气,所以高买在天津卫,自是鱼儿得水一般。活做得干净漂亮,那是师傅的传授,个人的长进,做完活,连失主都得称绝,神啦!

高买行,规矩大,组织森严,吃哪行,走哪路,人人有自己固定的地界,一个师傅造就一代徒弟,一个小老大带着一伙弟兄,吃三不管的不许上落马湖下活,尽管这两处地方毗连为邻,有时左脚站在三不管,右脚立在落马湖,就这样,不是落马湖的人,明看见落马湖地界有白给的金银财宝,也不许下手去收。"收"了,算抢食,乖乖地给人家倒出去,还要请客赔礼,否则哪门哪宗都有高手,闯入你的地界,不消三天,搅得你人仰马翻。作高买,明说是非法,暗中都连着官府,下了货,三天不许出手,三天之内官府不查问,才算成交。也有笨蛋,下活的时候被主家抓住了,尽管放心,本主只许扭送官府,不许私自发落,倘伤了一根毫毛,当心日后一把火烧了你家独门。送到官府之后尽管放心,不会动用大刑,心照不宣,一律打手板,此中也有分教,一不要招认,只一口咬定"冤枉",打四十板拉倒,招认了,还要打屁股。第二,不要"咬"人,还有张三李四,咬出一个人来加重四十大板,有时刚要喊"还有谁谁谁",一阵乱棍便打将下来了,明白是什么道理吗?爷们儿,此事心照不宣。

干高买,要老实本分,老头子不亏待你,日有"日份儿",月有"月份儿",一年三大节,五月端午,八月中秋,年关,大小不等的"人份儿",顶不济够给一家老小换季更衣的。若家里再遇到办什么事,或娶或聘,丧父丧母,单独一个大份儿,保证把事情办得体体面面,不能让你在家门口子面前丢了"份儿"。

想吃这碗饭,要自幼拜师,年龄上得挑选严格,哪一年选哪一个属相的,祖宗上传下来谱录,一点儿不能含糊,不过一"循"的不入选,一"循",即十二地支的一个循环,十二年,也就是十二岁以内的不得上路,更不得入路,市面有一帮无赖养着一些幼童,每日放出去或掏路人的腰包,或到小摊小贩处顺手牵羊拿几包纸烟拿几只烧饼,这算不得高买,各门各系各帮各派里没有他们的名分儿,全是些被正宗高买看不上眼的"臭狗屎"。年过十二岁，收为弟子，容貌上还要经过严格挑选，面带凶相的，不要，贼眉鼠目的，不要，皮肤不洁的，不要，人家见了你就腻歪，躲还来不及，怎容你有机会近身？要面貌和善，尚人见喜，无论如何端详都不似个歹人，而且倘被人当贼捉住，本乡父老一定有人出来搭救，这有黑话，叫"牌儿善"，越是干不见天日的勾当，越要有副慈善容貌，人品好孬在次，人缘好坏在先。于年龄、容貌之外，还要看天分，要机灵，讲的是眼神儿、心神儿、精气神儿，死羊眼，不要，呆木鸡，不要，三杠子压不出一口气来，不要，痴痴呆呆傻里巴叽迷迷糊糊不死不活的，一律不要。

如此，这人群中出类拔萃者就全被选拔走了，选剩下的也全是些马马虎虎的平庸之辈，直到送进学府去攻读诗书，则全是些榆木疙瘩了。

高买这条道上，组织严密，从路上的"溜子"，到掌管三十、二十个溜子的小老大，再到掌管三十、二十个小老大的老头子，最后到陈三，统管全天津卫的老头子，小老大和成千上万的"溜子"，袁世凯是皇帝老子册封的直隶总督，陈三才是真正的天津卫总督呢。

陈三，又称陈小辫儿，大号陈三福，三十年前，他也曾是个名震京津两地的人物，以孝称名于天下的神童，步入高买行以来，他又一桩桩做下了全天津父老钦敬佩服的壮举，在天津卫,有不知三皇五帝者,没有不知陈小辫儿者。

那一年,陈三恰好是十二岁,家门不幸,祸从天降,陈三代父服刑,被官家下了大牢。

陈三的老爹原也是个读书人,一部《论语》背得滚瓜烂熟,你无论从中提出哪两个字来,他都能洒洒脱脱起承转合地给你写出一篇八股文来,论功力,本来是给朝廷当差的坯子。只可惜他不走运,正在他踌躇满志准备一举摘取状元桂冠的时候,皇帝颁旨废除科举,陈三的老爹在刚刚兴办起来的邮政所门外摆下了一张方桌,代写平安家信。

最初兴办邮政的,天津卫只有十几处,西北城角一处,东门脸儿一处,南城根一处,河东一处,老铁桥一处,各租界地还各有一处,天津卫马路街道不规则,人们当时记路,就以这邮政所作标志,从东门脸邮政所奔南城根,南城根邮政所旁边有个小字摊,对面便是一个大杂院,如此如此,南城根邮政所旁边的那个小字摊的"主笔",便是陈三的爹。据陈三的记忆,那时他家日月极苦,爹爹每天收入微薄,遇上兵荒马乱家人离散时,投书问安的人还多些,逢上国泰民安,三天五日不见有一个人来求写书信。混不上饭,陈三的老娘便躲在家里给日租界火柴厂糊"洋火盒",起早贪黑忙一天,小黑屋里火柴盒堆积如山,得到的报酬,依然是可怜得很,一家人只能靠喝粥度日,从来没吃过煮鸡蛋,否则,何以后来陈三因要吃熟鸡蛋而走上终生作高买的道路呢。

一天下晌,陈三正在家里帮妈妈糊火柴盒,乱哄哄门外传来一阵喊叫:"快来看呀,捉拿法国奸细!"

奸细,与陈家不相干,且又连着法国,两厢离着十万八千里,街面上的人无论怎样闹,陈三也只作没听见,一心只忙着手里的活计。

"咚"的一声,陈家小黑屋的破木门被一群恶汉从外面踢开了,举目望去,刺眼的阳光下四个差役拿着令牌,提着红黑二色相间的哨棒,恶汹汹地闯进门来,陈三的母亲还没有闹明白是发生了什么事,又"咚"的一声,陈三的老爹被人从门外推了进来,双脚没站稳,一骨碌摔在了炕沿边,嘴巴正拍在浆糊盆里。

"冤枉,冤枉呀!"一阵哭喊,陈三和他老娘才看清这个倒在炕沿边的男人是自家的当家人,母子二人急匆匆扑过去伸手搀扶,"啊呀"又是一声喊叫,陈三和他老娘同时发现,原来陈三的老爹双臂被一条绳儿绑住,而且鼻青脸肿,明明是刚遭过一阵毒打。

"抄!"领班的差役一声吆喝,几个差人七手八脚便将满屋的火柴盒踢得漫天飞扬,砸桌子踹板凳,将屋顶都捅了个大窟窿,也不知找到了什么赃物,最后还是将陈三的爹连同如山的铁证一起带走了。

冤枉！何止是冤枉？荒唐，穷得在邮电所门旁摆小字摊的一介文丐，何以一夜之间便作了法国奸细？此中自有许多缘故，当今法国人占了广西地界，朝廷吃了败仗，智勇非凡的大清兵马被法国洋枪队杀得屁滚尿流，岂有此理。想我大清，君是明君，臣是忠臣，兵是强兵，将是良将，何以就会被人打败了呢？败，只因为法国洋枪队派出奸细刺探军情，有国人卖身为奸认贼作父，查！查来查去，果不其然前不久几十封密信投往广西一带，一样的信封信纸，一样的笔体字迹，一封信说我大清"病已膏肓，危在旦夕"，另一封催促法国发兵，事不宜迟！再一封信一张中药方，什么车前当归，熟地茯苓，水陆二仙……明明是给法国洋枪队出谋划策，暗示法国人尽早出兵，而且要分水陆二路，到了熟地，自然能找到潜伏的内应人物，够了，这法国奸细不是陈三的老爹，还能是他人吗？

法国奸细可恶，但是不能杀，因为万一真是法国奸细，杀了不好交代，收入大狱，陈三的老爹骨瘦如柴，百病缠身，囚死在牢里，待明日，真地法国人大动干戈，也要有一番麻烦，官府特殊恩准，允许代父"顶缸'。顶缸者，代人受过也，不知出自何典，据查始见于元曲《陈州粜米》杂剧："州官云：'好，打这厮！你不识字，可怎么做外郎那？'外郎云：'你不知道，我是雇将来的顶缸外郎。'"但属十恶者不许代父顶缸，或雇人顶缸,偏偏这法国奸细属时髦罪犯,不在律典的十恶不赦之内。如是,天成全小陈三作了大大的孝子。

顶缸者坐牢,要比本犯减刑一半,且家中出了顶缸的孝子,又可再减三成,算来算去,小陈三只消坐五年牢,便可救下老爹一条性命。皇恩浩荡,竟让陈三的老爹身为奸细又能逍遥法外,终日恰然自得地在家里陪他的老伴糊火柴盒。

"孝子!大大的孝子!"

大狱里,号子中的"龙头"冲着哭哭啼啼的小陈三翘起了大拇指,中国牢狱,一个笼子里放一个死囚犯,其他的囚犯三年五载你来我去,只有这个死囚一直坐在这个笼子里,顺理成章,他便作了龙头(笼头)。龙头相当于土霸王,他暗中勾着狱卒,在号子里称王称霸,无论谁有了好吃的全要先孝敬他,他终日有烟有酒有鱼有肉,还有人为他铺床叠被捶腿放睡,他在牢中的势派不低于总督大人在总督府的势派,而且他也有权下令责罚犯人,众囚犯一起下手,能把不服龙头管教的囚犯整治得服服贴贴。

有着龙头的庇护,小陈三在号子里没受一点儿委屈,饭食比在家里吃得还好,龙头有令,一日三餐,号子里的饭先由陈三吃,吃剩下的大家才能分着吃,而且他不倒便桶,不打扫号子,紧挨着龙头舒舒服服地睡着,活赛小公子。

陈三受宠,渐渐地胆儿就大了,倚仗着龙头的威风,他也想欺侮欺侮人，"嗖'地一下，他从一个囚犯的手掌心里抢过两只鸡蛋，在墙上磕了两下，剥着鸡蛋皮就要吃。

"放下！"龙头一声吆喝，急匆匆从小陈三手掌里打飞了那两只鸡蛋，"吃不得"，龙头一把将小陈三拉过来，关切地说。

"这么香的鸡蛋，怎么吃不得？"小陈三吮着自己的手指，那上面还沾着鸡蛋的香味，看看地上早被龙头用力碾成烂泥的鸡蛋，极是惋惜地问道。

"当心毒火攻心。"龙头耐心地对陈三解释。"你看。"龙头示意小陈三观察刚才手掌心上托鸡蛋的囚犯，这时那个囚犯仍蹲在墙角处，一双手掌心里又放上了两只生鸡蛋。

"他刚刚过了热堂。"龙头对陈三说着，"一双手掌各挨了四十竹板，被打得皮开肉绽，买通狱卒，这才买来八十只生鸡蛋，托在手掌心处治疗。生鸡蛋托在你手掌心里，托十天仍然是生的，托在他手掌心里，半天时间便熟了，这样一来能减轻疼痛，二来是怕毒火攻入血脉，倘那样就要留下内伤了。

"哦！"小陈三吸了一口凉气，不由得多看了那个囚犯一眼。

"小兄弟，你过来。"那个囚犯向小陈三苦笑了笑，招呼陈三过去坐在他的身旁。"我叫吴小手，二十刚过。"这个囚犯向陈三做着自我介绍，"犯下了该打手掌的罪过。"

"犯什么王法要打手掌？"陈三问。

"手掌惹下的祸，自然要打手掌。"吴小手回答着，说话间他还将手掌上的鸡蛋转动一下。

"手掌会惹什么祸呢？"小陈三疑惑地问，"写字？"然后他又自己回答。

"哈哈哈哈！"坐在远处的龙头笑了，"写字虽说也是手掌惹下的祸，可那就不能只打手掌了。"笑过之后，龙头向陈三狡黠地眨眨眼睛，做出一副神秘深奥的神态。

小陈三没有追问吴小手到底犯下了什么该打手心的罪过，只凑过去仔细看他那一双被打得皮开肉绽的手掌，那手掌肿得活似熊掌一般，手指肿得似蜡烛，厚厚的手掌变成黑紫色，离得好远都觉出有一股热气正从那手掌心里蒸发出来，难怪把生鸡蛋托在这样的手掌心上不多时会变成熟鸡蛋，就是一只活鸡倘若被这双手掌抓住，不需多时也会烤成熟鸡。看着这双手掌，小陈三实在觉得可怜，哆哆嗦嗦地，他伸出手掌来想抚摸抚摸吴小手，为他减轻一些疼痛。

"唉哟，我的宝贝儿。"突然，吴小手似发现了什么奇迹，冲着陈三喊了一声，陈三以为是吴小手怕别人碰他，忙把手缩了回来，吴小手立即又冲着他说道："宝贝儿，快把你小巴掌伸出来。"

天津人称被人喜爱的孩子为"宝贝儿",不知小陈三带着什么人缘儿,吴小手一眼就喜爱上了他,待小陈三又战战兢兢地把一双手掌伸到吴小手面前,吴小手忙伸过身子仔细地对小陈三的手掌端详了起来。

小陈三心里直发"毛",他闹不清自己的手掌何以会这么值得端详。陈三瘦小,自幼没吃过饱饭,骨骼没有发育健壮就枯萎了,而且从他六七岁开始,每日就帮着妈妈糊火柴盒,他妈妈每天糊五千个火柴盒,小陈三能糊六千五百个,小手指头的灵活劲儿令人看了眼花缭乱,而且最神奇的是他的十个手指能同时干几件活计,折纸,抹糨糊,吃饼子,揉眼睛,挖鼻子,抓痒痒,捉臭虫,杀虱子,街坊们全说小陈三的手是万能手。

"爷!"吴小手看过小陈三的一双手掌后对龙头说着,瞧小宝贝儿这双手,多灵秀,细、柔、薄、软,您老再瞧,二拇指、三拇指、四拇指,一般长短,俺们小时候为了把二拇指抻得和三拇指一般长,吃的苦头比大姑娘缠小脚还厉害,您老瞧瞧,人家宝贝儿这双手,活活是聚宝盆呀!"

"过来。"龙头向陈三招招手,小陈三从吴小手身边退了回来,"别理他,陈三是正经孩子,代父服刑,皇上知道了都要封个孝字,来日必是个人物。过二年满刑出去了,凭一把子力气,作一个堂堂正正的汉子,走到哪也挺胸脯,不能被别人看'扁'了。"所谓"看扁了",就是受歧视的意思。

"爷,别断了孩子的前程。"吴小手仍蹲在墙角处双手托着生鸡蛋和龙头争辩。"宝贝儿真有这等天分,别误了吃香的喝辣的造化,你堂堂正正的一条好汉,还不是受小人气一时气愤,不慎手重砸了天罡(打死了人),才落到这步田地,替圣上看大笼……"

"我的事,你少管。"龙头恶汹汹地打断吴小手的话,"反正你休想在这孩子身上打主意,宝贝儿,陪爷喝酒来。"说着,龙头将小陈三拢到怀里,顺手还抓给他几颗落花生。

"我看他怪可怜的。"小陈三仍看着吴小手一双红肿的手掌摇头。

"我若是天津府。"龙头没生好气地咒着,"就把他那双"爪子"剁下来。便宜了他,做下那么多缺德事,打一阵手心放出去,人家陈老先生不过是代人写了几封信,却要送儿子来坐两年牢,人家陈老先生的手是手,你吴小手的手不配叫手!"龙头一面"咂咂"地品着酒,一面冲着吴小手数落着,话语中充满了蔑视。

没过多少时间,吴小手就走了,牢笼里又恢复了平静,从此再没有人夸奖小陈三的一双小手似聚宝盆,渐渐地小陈三把吴小手忘了,也把自己一双灵巧非凡的手看得和别人的手没什么两样,他只盼早一日出牢,回家去帮着老娘糊火柴盒。

　　光绪十五年，慈禧"归政"把自己原来代为操持的政事移交给了皇上，从此光绪皇帝名副其实地要治理天下了，平冤狱，便成了收买人心的头一桩政务。小陈三的爸爸一介文丐，代写书信而被陷害是法国奸细，本身已属冤枉，又让儿子代父服刑，更是冤上加冤。小陈三的老爹无罪，小陈三无过，朝廷也没有任何错误，一笔糊涂官司勾销，小陈三出狱回家，又成了大清国的忠顺臣民了。

　　这时候，小陈三已经十七岁了，坐了五年大狱，虽说受尽煎熬，但他到底还是长大成人了，临出狱时，那个老龙头还嘱咐他许多话，劝告他到了外面安分守己、本分作人，万万不要做触犯王法，违背圣训的坏事。

　　天津城已不似小陈三入狱时的样子了。老城区仍是终日罩在一团尘雾里，城外的租界地却是一片西洋景象，俄租界盖起了俄国式的庄园，英租界盖起了小洋楼，法租界最醒目矗立起了天主堂。挟着个小蓝布包，陈三急匆匆地赶路回家，走出西头弯子习艺所，穿过南门外，拐过海光寺，到了老西开，他想象自家那间小黑房该还是原来的样子，黑漆漆矮屋里老爹老娘还在忙着糊火柴盒，他担心自己的突然出现会惊吓着二老双亲，便想先在胡同口外观望观望，遇有老街坊出来让他先给老娘报个信……

老西开还是老西开，只是他家的那间小黑屋不见了，连原先街坊邻里们住的那一片矮房都不见了，就在原先的地方盖起了好几幢大楼，大楼上镶嵌着大红字：救世军，育婴堂……陈三不知道这是些什么地方，但他知道这绝对不是他原来的家。

问遍所有的人，谁也说不出这一带的老住户搬到什么地方去了，五年前这一带地界就被征用，一片哭喊声强拆了民房，法国巡捕的一阵乱棍打散了求告无门的居民，从此便再没有音信。至于其中有一户人家姓陈，那就更谁也记不得了，还是陈三提起了当年的那桩官司，老西开出了个法国奸细，这才有人恍惚想了起来，说果然是这个法国奸细把这一带地界卖给了法国，后来听说这对奸细夫妇被接到法国享清福去了，法国皇上还给他们封了顶戴花翎，如今每年有几百两的俸禄……呸！陈三狠狠地吐了一口唾沫，一甩袖子，转身走开了。

说天津卫养人，是指养那些不该养的人；说天津卫不养人，自然是指不养那些本来该养的人。多少青皮混混地痞流氓社会渣滓，都在天津卫"抖"起来了，又多少老实本分汗珠子落地摔八瓣的七尺汉子，又在天津卫被活活饿死，陈三就被逼得走上了绝路。在天津卫混事由，讲的是有帮派，有门户，有哥们儿，没有靠山，卖煎饼馃子，也没有你摆摊的地方,出个难题,拿只臭鸡蛋去"摊"煎饼,鸡蛋敲开,流黑汤,好好的鸡蛋到你手变臭了,抢起扁担来就砸摊儿,不识相的要"踹",先砸断你一条腿再评理,没王法的地方就认胳膊根儿、蛮横自带三分理,这就叫天津卫的规矩。

陈三想卖柴火,一担干柴挑在肩上,只觉着背后一股浓烟呛人,回头张望,只见扁担后面的那捆柴火被人不知什么时候点着了。放下担子忙扑火,众人围上来起哄看热闹,再抬头,扁担前边的那捆柴火被人抱走了。陈三拉胶皮车,在马路上闲逛的混混伸手抢过车垫子,顺势抛到了电车顶上,拉着胶皮车飞跑起来追电车,马路两旁站满了闲人拍着巴掌叫好,难得遇到这么开心的"乐子"。天津卫最爱看穷人上吊,光棍投河,什么人走在路上不小心被香蕉皮儿滑倒了,立即引起市民的一片开怀大笑,"哏"也!

陈三心里明白,自己的老爹老娘该早已不在人世了,老爹去世时,老娘没给自己往狱中报信,怕自己在牢里伤心;待到老娘去世,已是没有人想起该给狱中的陈三报信了。只是连个坟头都找不到,天津卫边沿上许多乱葬岗子,全是地方善局收尸安葬的,只有一个小土包,没有石碑,最初也立块木牌牌的,写上名姓,一阵风吹倒了,不久便成了野坟。去到城隍庙,陈三敬上两炷香,燃上四支蜡烛,摆上一盘供品,先给老爹的亡魂磕了四个头,再给老娘的亡魂磕了四个头,

"孩儿不孝。"抬袖子拭去满脸泪痕,从此便开始单枪匹马闯荡天下了。

他如何找得到正经差事呢?如今兵荒马乱,列强乱中华,百业萧条,民不聊生,哪里还会有得以糊口谋生的事由?租界地正在大兴土木,但那是包工,先要立下卖身契,然后才能干小工,管吃管住,分文报酬没有,而且病、死不管,三天两日总有从楼顶上失足摔死的,除了山东逃荒的灾民,天津人谁也不肯进那条死胡同。此外呢,便只能帮着脚行们推车上坡,年纪小的行,帮着将大货车推上高坡,一把小钱抛过去,一窝蜂拥上去每人能抢到一枚,十七八岁的男子汉,实在不好意思混在孩子们当中丢那份脸。只是挨饿的滋味太苦了,每天总要想"辙"挣一碗粥喝,也算是天无绝人之路,华人进租界地要有"针票",没有针票的便要在胳膊上打针,陈三走投无路,便终日在租界地栅栏外等候,凡有要进租界地又不愿打针的人,便招手让陈三过去,给上一枚大钱,告诉他针票上该写什么姓名、年龄,然后陈三便到免疫署去代人"顶"针,签下针票来再交给主家。生意兴隆时,陈三一天能挨二十几针,也不知都免了什么疫,到了吃饭的时辰照样饿着饥肠咕咕响。

越逛,市面越熟;越混,认识的人越多,没有多久,陈三便在针市街一带找到份准差——为绸缎庄扛货卸车。绸缎庄进货，比总督大人出巡还隆重，货车停在门外，主家掌柜亲自出来验货，成色对，数量对，证明这一车绸缎没有在路上失窃，没有调换成色，然后卸货入库。针市街人山人海，一不能让货车停在门外误了生意，二也是怕趁火打劫的顺手牵羊，三更怕有冤家对头忙中作手脚，成匹的绸缎里塞进几只蟑螂，一夜之间全库的存货便全被咬成小洞，所以绸缎庄卸货入库，会比救火还要紧张，主家吃"口儿"的脚行打开场子，凡是卖工的有多少算多少，扛一件发一支签子，陈三劲儿大，能一哈腰上十二件，一趟跑回来，顶多再扛一趟，货车就卸完了，最多不过抽一袋烟的时辰。货车走了，闲杂人等再坐在荫凉处，等着另一家绸缎庄来车进货。

凭着一身的傻力气和厚厚道道的好人缘，陈三在针市街站稳了脚，卸车进货时，脚行头先关照陈三，他扛一趟货，跑回来，还能轮上个货底儿，其他的人就只能扛一趟了，所以陈三总是比别人收入多。挣得多了不能自己实落，吃饭时给脚行头孝敬四两酱牛肉，自己呢，便只好啃干饼子了。

这一天和平日没有什么两样，早早地，陈三又来到针市街，脚行头那里"道常"。道常者，依然如故也，往日如何扛货入库，今天还照旧干。早响，元隆绸缎庄一车丝绸，一阵旋风般抢着卸完了，扛了两趟，二十四支签子，算一算，中午饭有了，能给脚行头省出来两个熏鸡蛋。临近中午，原以为没活干了,忽然间一阵吆喝,大排子车在众人簇拥间跑来,停在瑞蚨祥门口,脚行围上去,主家出来,绕着车子走一遭,成色数量无误,卸车。

陈三第一个跑了过去,一、二、三、四、五,一口气装了十二件,直起腰背,颠一颠双肩,一路小碎步,颤颤巍巍地向库房跑去,主家回头望望陈三,对他饱满的精神气十分欣赏。一阵风跑进库房,在库房门外卸下十几匹绸缎,返身陈三就往回跑,他想趁着货底儿再扛一趟。

"你踩了我的鞋!"

突然,一个人横着走了过来,匆忙中只见这人穿得好体面,长衫马褂,一只手搓着一对雕花健身核桃,一只手提着一只鸟笼,明明是一位有钱的大闲人,人群忙乱中他似是正从瑞蚨祥绸缎庄里走出来,掌柜的还远远地向他拱手送行,不知怎么的,他冲着陈三喊了一声,硬是怪陈三踩了他的鞋。

陈三冤枉,明明自己抬起来的脚还没有落地,何以会踩上这位贵人的鞋呢?没时间争辩,快赔个礼罢了,他还要忙着再抢一趟活干。

"小的有罪。"陈三哈腰打了个千儿,又上前半步弓下身子说道,"我这儿给您老提鞋了。"

"不用你,知罪就行。"这位贵客好和善,没有让陈三为自己提鞋，他自己半弯下身子用那只提着鸟笼子的手去提鞋后跟，只见他撩起长衫后襟，漫不经心地提了一下鞋跟，放下长衫后襟，返身还向掌柜的打个招呼，然后便优哉游哉地扬长而去了。

一桩转瞬消逝的奇异事端把陈三吓呆了，他突然变成一尊石像，半张着嘴巴，额上渗出了汗珠，刚刚，就在他弯腰要为那位贵客提鞋的时刻，也就在那位贵客自己撩起长衫后襟自己提鞋的时刻，陈三正好半弯着腰往下看，那位贵客也正好弯着腰往下瞧。闪电一般，一二三，多不过三秒钟的时间，嗒嗒嗒，瑞蚨祥正面店堂里的荷兰国大立钟响了三下，陈三清清楚楚地看见，那位贵客用那只还提着鸟笼子的手，一二三，从货车上抽下三匹绸缎，只见晃了一下白光，那三匹绸缎飞快地被挂在了长衫里面，待到长衫垂下，贵客转身向瑞蚨祥掌柜道别，一切都又恢复得平平静静了。

高买，听说过，没见过，这次开了眼界，如此利落，如此洒脱，如此神奇，如此漂亮，令人目瞪口呆，和摆地变戏法的表演一般，玩的是手疾眼快，使观赏的人不敢喘气，就在聚精会神众目睽睽之下，明摆着的物件变没了，没得无影无踪，一星星破绽看不出来，这叫"滴水不漏"。只有他的帮衬看得出破绽，没个帮衬什么戏法也变不成。想到这儿，陈三出了一身冷汗，莫非自己今天就作了高买的帮衬，天津卫说是"垫背的"，可刚才那个偷绸缎的人自己压根儿没见过，不认识，亲戚邻里之间也想不起有这么个模样来，难道他不怕被自己看出破绽来报告官府？越想越糊涂，越琢磨越是琢磨不透，陈三就这么木呆呆地站在那里。

就在陈三发呆的时候，后来的人抢了第二趟活，陈三今日上午少挣了十枚大钱。

第三章

　　餐桌上摆的大菜,陈三说不上名来,全香,全好吃,全是肉,有鸡,有鱼,再有看不出形状来的就不知是什么了。又是在这么大的饭庄里,陈三从来没有见过,只素日从门外走过来走过去,听见里面熙熙攘攘热热闹闹,从来没有想过自己今生今世还有造化进来摆一次"谱儿"。可如今,你瞧,这不真就来了吗?堂堂正正地坐着,跑堂的伙计鞠躬哈腰地端茶送饭,一盘一盘的大菜往餐桌上放,"够了,够了。"狼吞虎咽的陈三连声地唠叨着。

　　说来也真是巧,下晌散工后,在陈三回家的路上,被人从背后拍了一下肩膀,回头一看,面熟,似在什么地方见过,细端详,记不起来了。看看衣衫穿戴,这人好气派,陈三自知自己没有这等体面的朋友,才入冬,灰鼠皮袍子,褐色马褂的衣襟边上反镶着胎羊皮,礼服呢风帽,风帽上大红珠子,瞧神态不是钱庄大亨就是富贾士绅。低头看看,陈三松一口长气,自己没踩着这位爷的脚。

"小的挡了您老的路。"陈三谦恭地将身子闪向一旁,忙给这位爷让道。

"不认识我了?"陌生人站在陈三对面,让他仔细端详容貌。

"小的眼拙。"陈三打了个千儿,忙致歉地说,"侍候过的爷多,周济过小的爷也多……"

"你再想想。"陌生人索性把风帽摘下来,露出一条长长的辫子。"你代父顶缸的时候……"陌生人提醒陈三回忆坐大狱时候的往事。

"唉哟!"陈三猛然拍了一下巴掌,似是想起了什么,但立即他又安静下来,退后一步说着,"小的倒是想起了一个人,只是不敢认。"

"你说。"陌生人拍着陈三的肩膀鼓励他。

"小的代父顶缸的时候,在大狱里遇到过一位爷,名叫吴小手,只是那和爷有什么相干呢?"陈三犹犹豫豫地似是自言自语。

"宝贝儿,好机灵,我就是吴小手。"

哈哈哈哈,一阵开怀大笑之后,吴小手领着陈三去澡堂洗澡,又顺路在估衣铺给陈三买了件长衣服,打扮一番之后,吴小手领陈三来到这天津卫最有名最排场最阔气的大饭庄,一间单间雅座,摆下了这一桌大席,直吃得陈三天昏地暗,顺着汗毛孔往外渗油。

"吴爷这样发旺,"吃到肚皮撑得滚圆滚圆之后,陈三才想起了正经话题。"好歹让陈三在您老手下做份差事,陈三保准尽心尽力。"

"想跟我干?"吴小手诡谲地眨眨眼睛,似笑不笑地问着陈三。

"我哪里配和吴爷一起干事由?"陈三低着头吞吞吐吐地说着,"吴爷只派给小的一宗力气差事就是了,无论是什么看家护院,拉车装货,反正文墨事我不行,我不会记账,不认得字,我只是眼神好。手巧,跑得快。"

"你既然想和我搭伴儿,咱俩人如何分账呢?"吴小手紧盯着陈三的眼睛问。

"唉哟,吴爷,小的怎么敢和您老分账?好歹管饭就行,给不给月钱都没关系。吴爷,您老收下小的吧,陈三满身的力气,只求有个准事由,饿不死就念佛。吴爷,小的先谢您了。"说着,陈三站起身来向着吴小手就是一拜。

"好。"吴小手终于拍了一下手,"我派你个差事吧。"

"谢吴爷!"吱愣一下,陈三站起身来,未曾派下差事,先分主仆名分,垂手恭立,陈三等着吴小手的吩咐。

"我派你的差事不累,不脏,也不需文化。"吴小手将身子倚在座椅靠背上,像是掌柜的吩咐伙计干活一般向陈三发话,"这份差事极容易,今后无论你在什么地方遇见我,你就给我做一件事。"

"吴爷吩咐。"陈三俯身等候。

"踩我的鞋。"吴小手话音平和地说。

"什么?"陈三没有听清,忙躬身再问。

"踩鞋,踩我的鞋后跟。"吴小手还伸手指着自己的一双鞋向陈三解释。

"您老说嘛?"陈三一双眼睛瞪得滚圆滚圆,他简直不敢相信自己的耳朵。"吴爷玩笑了。"突然,陈三噗呲一下笑了,他猜想吴小手在寻自己的开心。

"今日早上,你不是踩过一次我的鞋了吗?"吴小手面色严肃地对陈三说。

"今日早上?"陈三抬手摸着后脑勺,晕头转向地暗自思忖,"我?我踩过吴爷的鞋?"唠叨着,回忆着,陈三抬眼观望着吴小手,渐渐地,他的目光由疑惑变成惊讶,由惊讶变成胆怯,"吴爷,您老不是说笑话吧?"

陈三自然不会忘记前晌在绸缎庄门外发生的那场惊心动魄事件,他当时只是被那神速的表演惊呆了,根本没去看那位高买的面貌,此时此刻,偶然邂逅的吴小手自称是偷绸缎的高买,陈三更为之惊讶不已了。

"哈哈哈。"吴小手笑了。"若不是前晌上路做活时你为我作了眼罩，干嘛我买这件长衫酬劳你，还请你来这里坐大席？"吴小手说着，轻轻地摇摇头，颇为自己出色的表演得意，"果然我没看错，够机灵，我才喊叫你踩了鞋，立时你就弯腰站住了，正好挡了管事的眼神儿，好搭挡。"

"哦！"突然，陈三觉着一阵恶心，双手扶着腹部，他几乎呕吐出来，不知不觉自己给偷东西的盗贼作了帮衬，自己穿了贼衣，吃了贼饭，立时他全身的血液都沸腾了，他只觉肌肤滚烫，只觉肌肉痉挛，只觉心脏跳得急促紊乱，他觉得自己变成了一只老鼠，变成了一个令自己厌恶的歹人。

"吴小手！"陈三盛怒之下把那件长衫脱下来，直向着吴小手抛了过去，长衫落在餐桌上，将桌上的残羹剩饭溅得遍地油污。"你看错了人，我陈三人穷志不穷，活得堂堂正正，死也死得堂堂正正，我绝不干那种被人点脊梁骨的歹事。人各有志，你干你的高买，我做我的小工，你发财金山银山我不眼馋，我忍饥挨冻流落街头用不着你可怜，你走你的阳关道，我过我的独木桥。从今往后，我不认得你吴小手，你也不认得我陈三，两不相干了，爷！"说罢，陈三拂袖便要抬腿迈步。

"别发火呀，陈三。"吴小手平伸胳膊拦住了陈三的路，然后才慢条斯理地说道，"干高买不缺德，逼得堂堂正正的汉子走这条路，才缺德。你爹一辈子念书，到最后被活活饿死,埋在了乱葬岗子里,连个坟头都没处去寻,他们缺德不缺德?你一个七尺汉子,终日连个正经差事都找不到,吃这'顿'没那'顿',他们缺德不缺德?他们为富不仁……"

吴小手还要为高买伸张,不料陈三早用力拨开他的双臂,抢先走到了门边。"你休巧语花言,无论怎么说也是偷,也是贼,作贼的全说自己是劫富济贫,有志气的穷人才不稀罕这种接济,我不干,死也不干!"说罢,陈三噔噔噔地大步流星扬长而去了。

"哈哈哈!"吴小手不但没有恼怒,反而开怀地笑了,冲着陈三的背影,吴小手大声地说着:"我劝不服你,有人会劝服你,没关系,几时想回头,尽管来找你吴爷,告诉你个'驻脚儿'(住址),你吴爷住三不管地界忠孝大街仁义里积善胡同一号……"

…………

半个月之后,陈三将一双肿得似熊掌一般的手掌揣在袖子里,缩着肩膀来到忠孝大街仁义里积善胡同一号,找到吴小手,开门见山,横下一条心说:"吴爷,你收下我吧。"

吴小手没有追问陈三回心转意的原委,回身从箱子里取出一包草药,塞到陈三怀里,又嘱咐他说:"用井水熬了泡手,要泡到手掌心蜕了皮,再长出嫩肉,回来你就随我上路做活。千万记住,要用井水,万一错用了河水,泡出来的手指就硬成了钢条,那就成了废物。"

陈三接过这一包草药,眼窝一阵发酸,不由得泪珠儿潋潋地涌出了眼眶。

"别掉泪了,宝贝儿,趁着好年纪,干几年,混到小老大、老头子的份上,就享清福吧。下海吃黑钱,全是官府打出来的。"

陈三没有点头,也没有摇头,他的一双手掌似握着一对火球,火辣辣地烧得疼痛难忍,过堂时,竹板子嗖嗖地打在手掌上,他咬得牙关咯咯响,打一下,公堂上的府尹问一句:"你偷了未偷?"问一句,陈三回答一声:"没偷!"啪,啪,又是一阵木板飞上飞下,陈三的手掌溅出了鲜血。

官府审案,只在一个"审"字,既然针市街商号将你扭送来了,人人都说是你偷了三匹绸缎,府衙门便按这桩偷案审你。"你偷了没有?"反反复复就问这一句,既不问丢失绸缎时你在什么地方,也不问当时还有什么人在附近出没,更不会派人出去查访,找找人证物证,公堂上只有一个"审"字,小小刁民从实招来,不招,大胆,用刑。所以公堂上不需三言两语便下了家伙,打一下,审一句,不招认,再打,仍不招认,还打,也不会活活打死,犯什么王法,用到什么刑,历来有约定俗成的章法,滚热堂,就是咬住一个"不"字,把该你承受的刑罚都承受下来,没有口供不能判,放了拉倒。

陈三只记得那件打人手掌的木板已变成乌黑的颜色，是一块花梨木，二尺长，二寸宽，一寸厚，在公案上拍一下梆梆响，第一下打在手掌心上疼得人全身打颤，第二下再打下来，手掌心便绽出了血丝，手掌要自己伸着，胳膊要自己举着，倘抗刑，便要将手掌垫在木案上，那真要将骨骼打得粉碎了。

　　"冤枉！"陈三不停地喊叫着，明明是诬陷，绸缎庄掌柜封库时发现少了三匹绸缎，找到脚行头，脚行头只管卸车，不管数量，在场监工的管事不见有闲杂人等闹事，想来想去，大家说有个老客卸货时从门前走过，还有个干小工的陈三故意踩了他的鞋，没错，准是那么回事，就是他，扭送官府，不能轻饶！

　　"打！"越是喊冤，府尹越是喊打，"不是你，还能是谁？"

　　啪！啪！啪！

　　打一下，陈三的全身抖一下，嘴里喊一声"冤"，回答一句"我没偷！"心里骂一句娘，发誓出去一定狠狠地偷，偷，偷！

　　明明没偷，却抓来打手掌，你打吧，你今日打一下，我来日偷一次，否则那才是白吃了冤枉板子，这偷，明明是官家打出来的。

　　过了几遭热堂，一共挨了三次打，每次四十板，只因为陈三一口咬定没偷,官家便不能按窃贼发落,送进大狱,煞煞性子,半个月再放他出去。偏偏这次又被送进原来那个囚笼,原来那个笼头见陈三又回来了,亲热得不得了,立即着别的囚犯出钱买了生鸡蛋,让陈三托在手掌上治疗。

"我没偷。"陈三在笼里还向笼头解释。

"我知道。"笼头连连点头回答,"真偷了,就不会挨打了。"

"什么道理?"陈三不解地追问。

"这还不懂?不过是一层窗户纸么,真偷了东西,你要去孝敬地方,孝敬捕快,你偷的越多,他们的'外快'越多,他们的差使越肥,他们恨不得你天天上路干活,怎么舍得送你到这里来吃板子呢?"

"啊!"陈三心里突然亮了一下,"我来这里吃板子,原因是因为没孝敬到他们头上。"

"明白了就好,日后就不致于吃眼前亏了。"笼头万般疼爱地抚摸着陈三的肩膀说,"宝贝儿,命里注定该你吃这行饭,吴小手早就看中你了,他知道你不会甘心随他吃黑钱作高买的,才故意去你干活的地方惹事,逼你走这条路。如今你也只能走这条路了,出狱之后,谁还雇你做小工呀?"

陈三深深地叹口气,安详地坐在了墙角里,此时此刻,他心里变得万般平静,一切烦恼立时云消雾散了。

跟着吴小手,陈三在家里练了一年踩鞋。

踩鞋还要练吗?最先,陈三也这样问过。还不就是你从对面走过来,我迎着你走过去,趁乱乎劲儿我在你鞋后跟上踩一脚,将你一只鞋踩下来,你骂一句,我道一句歉情,然后半弯下身子遮住众人视线,趁势你抓着什么往长衫里挂什么。吴小手笑了笑,回答说:"那是十二三岁的雏儿干的差使,你都十七八岁,该轮上雏儿踩你了,长能耐吧,二爷。"

给陈三作搭挡的雏儿叫瘪蛋,只有十二岁,是吴小手从街上捡来的,三九天夜里缩在老爷庙门外,又饿又冷,已是奄奄一息了。那时节陈三正没事,终日在家里将养着瘪蛋,头一个月时间里,瘪蛋连话都不会说,待到三个月后瘪蛋恢复好了之后,吴小手就传授他踩鞋。

头一遭上路,瘪蛋踩鞋看错了地方,本来是瞄着皮货店去的,正有买主将皮袍子从店里拿出来,在阳光下照看成色,陈三往前走心里犹像放慢了步子,瘪蛋心里紧张又快走了两步,待到二人擦肩时,"唉哟,你踩了我鞋!"陈三喊过一声,瘪蛋求饶地道过歉情,然后躬下身子给陈三作眼罩,陈三也撩起了长衫下摆,抬头再看,原来身边的店铺是寿衣店,袍套靴帽,凤冠霞珮,全是成殓死人的,吐口唾沫,陈三直起腰走开了。

"这样吧,我高抬举你一步。"半个月后,吴小手冲着陈三说话了，"你虽还没有熬到小老大的份上，可你不能和别人比，你自己单独上路吧，养活个瘪蛋，一个月交我二十元。"

二十元，陈三吸了一口凉气，从他陈三生下来，至今也没见过二十元龙洋凑到一起是个什么样子，一袋面粉是二元龙洋，一个月如何能挂来这么多的"货"？去他的，甩手不干，如今不行了，被卖出去，全天津卫丢的东西全诬赖在你一个人的头上，那可就不是打手板的事了。

说是高抬举一步，并不是吴小手在陈三面前讨好，一点儿玄虚也没有，吃黑钱作高买，前三年只能干二仙传道，本事练出来，师傅赏识，后三年才能一佛出世，那就比干二仙传道自在多了，自己也能留下些"体己"，有些零头就可以不缴了。整整六年干出了名分，一个人既能手下利落，又能眼神灵活，还能借道、踩路、挂货、分水，作到摘、挂、持、抻天衣无缝，这才能混到童子引路的份儿上，这就如同大商号立分号一般，一个人当家做主了。

论功夫，陈三的活漂亮，当着上三辈下三辈的面，一锅水烧到沸腾，哗哗地翻气泡，薄薄一片肥皂片扔下锅去，两根手指"唰"地伸到沸水里，闪电一般能将滑溜溜的肥皂片夹出来，肉皮儿不变色，就这么利索。论干净，一件纺罗长衫高高地挂在衣服架上吊起来，从上到下十几对纽襻结得严严实实,陈三只从旁边慢过,抬脚落脚迈一步的时间,两根手指一溜烟从上往下一口气将十几对纽襻解开,垂吊在屋檐下的纺罗长衫不摆不颤不摇纹丝不动。绝活!老三辈少三辈没有人不翘大拇指的。

偏偏一个人上路之后,陈三一连半个多月没挂上大买卖,也看准了几个窝子,也瞄住了几个老客,也和瘪蛋过了手势,自己也走了过去,瘪蛋也迎了上来,关节处也踩掉了鞋,只在临动手前,陈三心里闪过一个念头,这不是缺德吗?再横下心来想干,人们围上来了。

"师傅,老头子那里交不上差,怕咱们的日月不好过吧。"瘪蛋见陈三每日空着一双手垂头丧气地回来,便好心地一旁劝告。这时他师徒两个已经另立了一个家,靠近吴小手住的忠孝大街仁义里积善胡同旁边,陈三住的是福禄大街圣贤里富贵胡同一号。这富贵胡同一号是个大杂院,谁也说不清这大杂院中有多少户人家,没有大门,院墙坍倒的地方就能自由出入,小矮房破棚铺,黑洞洞少也有一百多间房,这院里住着做小生意的,卖煎饼馃子肥卤鸡的,还有在杂耍园子唱玩艺儿的。同院住的人互不来往,彼此不问姓名,见面不打招呼,一天二十四小时人出人进,从来没安静过。

是啊,莫说是吴小手那里交不上二十元龙洋,连自己和瘪蛋的肚子都填不饱，好歹算是个住处，每半月交一次房钱，当时交不出来当时滚蛋，等着搬进来住的就跟在二房东的身后，胳膊下夹着条破棉被，家当全带来了。

"师傅，吃这行饭，手软了不行。"瘪蛋小小的年纪倒很有见识，"您瞧，街面上一家家金店，绸缎店，皮货店，那屋里挂的，架子上摆的，不都是给咱爷们儿准备的吗？咱爷们儿不去拿，留给谁呢？"

"你嘴硬吧。"陈三不和瘪蛋争辩，只双手托腮蹲在地铺上发呆。

"心善就要挨饿。"瘪蛋像个老婆子似的一个劲儿唠叨。"我心善，险些没死在大马路上，您老心善，白吃了手板儿。"

"你闭上嘴吧！"陈三心烦地戗白瘪蛋。

瘪蛋不理睬陈三的呵斥，仍然没完没了地说下去："咱也不贪财，咱也知道自己没有发财的造化，有了钱，咱也不会消受，我只是见了钱就仇恨，见了值钱的东西就眼红，我只想把钱抓过来撕掉，把那些值钱的东西放火烧掉，谁也别有钱，谁也别发财，都穷，都穷，都穷得吃不饱穿不暖，全成穷光蛋。"

"呸！"不爱听瘪蛋说疯话，陈三恶汹汹地吐一口唾沫，一个人跑到街上闲逛去了。

东马路，西马路，估衣街，竹杠巷，在热闹地界逛了一大趟,天时近了黄昏,陈三回到住处,从一处断墙土堆上迈进大杂院,东拐西拐,左绕右转,不远处就到自己的矮棚铺了。远远地从自家棚铺里传出来女人的哭声,最先,陈三并没有注意,这富贵胡同一号大杂院里一年三百六十天日日夜夜哭声不绝于耳,死人的,挨饿的,卖儿卖女生离死别的,这户人家那户人家轮流地哭,可是渐渐地陈三又觉着可疑,这女人的哭声明明是从自己的矮棚铺里传出来的,真怪,自己在世上孤单一人,何以会有人钻进自己屋里来哭?慢慢地走过去,用心向屋里望,黑洞洞地什么也看不见,伸手撩起半截布帘,问一声:"这是谁呀?"没有人答言,却只见一个女人向着自己咕咚一声跪下了身子。

"你这是干嘛?"陈三慌了,他怕惹是非,忙向后退,忽然瘪蛋跑过来将陈三拉进屋里。

"师傅,这是我姐。"瘪蛋指着跪在地上的女人向陈三说。合一会儿眼,适应了屋里的黑暗,再睁开眼睛,陈三才看清跪在自己面前的女人满面泪痕,瘦瘦的身子,苍白的面色,一件大红袄,一条大绿裤,衣襟上别着一条紫帕子。

"恩人,你就是我家的大恩人呀!"瘪蛋的姐姐一连给陈三嗑了三个头,说话时还抽抽噎噎地哭泣着。

"有话慢说,别这样,别这样。"陈三上前就要搀扶瘪蛋的姐姐,但在他看清瘪蛋的姐姐最多不过十七八岁的年纪,便又胆怯地缩回了手。

"我叫五姑娘。"瘪蛋的姐姐自我介绍说。陈三听着暗自叹息一声,唉,你听听这名字,怕什么来什么,如今又粘上了一个姑娘。

"你就用饭碗喝水吧。"陈三退到屋角处,把一双手背在身后憋声憋气地说。

"这孩子有病。"五姑娘坐在地炕边沿上,搂着弟弟瘪蛋对陈三说,"有人说他没有长寿数,我就把他养在班子里,老鸨娘天天骂闲街,这孩子有志气,趁我、趁我那么着的时候,一个人溜了出来,一连几个月找不着,我当他不在人世了,兄弟,你干嘛还活着呀!"说着,五姑娘和瘪蛋姐弟两个搂在一起放声哭了起来。

"别哭,别哭,这不又见着面了吗?"陈三不会劝人,只愣头愣脑地说些傻话。

"我兄弟刚才全对我说了,说您老对他好,我就这么一个弟弟,只等他几时活够了寿数,我也就不活了。"五姑娘拭拭泪水,长一句短一句地向陈三说着。"我也没别的恳求,有的对不对的,您老别打他,这孩子五劳七伤,没有几载的长限了,我不能让您老养活他,刚才兄弟对我说了,您老的手运也不好,连'份儿银'都交不上,我这有五元龙洋,算是替他交的饭钱,只等他有个三长两短时您老给我报个信,我就感恩不尽了……"

哭着,说着,五姑娘又要跪地上给陈三磕头,突然间陈三一声吼叫,地动山摇,矮棚铺震得哗哗响,一阵黑风荡起,陈三纵身从五姑娘身上跃过去,噔噔噔一溜大步,他从矮棚铺跑了出去,转瞬间便消失了踪影。

待到夜半,陈三一个人回到住处时,"当"的一声踢开破木门,不等瘪蛋问话,叭叭叭,三匹绸缎甩在地炕上,"×他奶奶!"陈三恶狠狠地骂了一句,随之山崩地裂一般、一个醉醺醺的陈三跌倒在了地炕上……

第四章

三十而立。

陈三在天津高买行称雄,正是在三十岁的年纪,从此他一把老头子金交椅稳坐了十几年。

那时,本来是陈三的师傅吴小手称雄津门,一天傍晚,冒冒失失一个气度非凡的人物,找上吴小手家门来"盘道"。"盘道"本来是帮会中的黑话,、天津卫会馆林立,什么闽粤会馆,湘鄂会馆,江浙会馆比比皆是,山西人怕吃亏,不与外省人交往,自己单立了一个山西会馆,各地人到天津谋生立足投会馆,必要到会馆盘道,说明门户,讲清行帮,从此有了护佑。高买行,不分祖籍,四海之内皆兄弟,路过天津一时窘迫想凑点儿盘缠,未下活之前先要找到当地的老头子盘道,否则不光一分钱拿不到,反而要被人扭送官府吃官司。

"阿拉曾毛来。"来人是个上海人,精明非凡,一双眼睛炯炯有神,容貌漂亮,仪表洒脱,看着讨人喜爱。

"久仰久仰。"吴小手忙拱手作揖让坐献茶,"久闻大名,如雷贯耳。"其实全是恭维话,天津人就是虚话要得花哨,无论见了什么人都先把对方捧上云端,三句话"递"过去,牙碴子不对,再将你摔下来。这叫先礼后兵。"大码头过来的码子,请问曾爷是哪一口?"吴小手在太师椅上正襟危坐,先发制人,提出了一串的问题。

"黄浦江跑黄鱼,瘟三码子不出门。"曾毛来大言不惭,说明自己绝非扒手偷儿之流。"里口为文,外口是武,窃口、盗口不入流。在下是外滩的飞口。"

吴小手自然知道,上海的"飞口"和天津的"高买"不相上下,人人身怀绝技,而能在外滩作飞口就更是了不起的人物,不由得吴小手又拱手施礼做了个大揖,"如雷贯耳,如雷贯耳。"这次是出自内心的恭维了。

一番寻根问底,一番对答如流,上海来的飞口曾毛来不假,天津卫的吴小手是真,江南江北两雄相遇,吴小手心中犯了嘀咕:"曾爷千里迢迢北上到津,敢问有何见教?"

"弟在外滩,时运不济,承蒙相士点化,要北上闯一道坎儿,此番冒失打扰,想冀托诸公福庇,在贵地小作勾当。"曾毛来也是拱手作揖连连施礼,原原本本道明了来意。

打野食的。吴小手暗中鄙夷地睨了曾毛来一眼,不外是在上海混不下去了,想到天津来找点儿外快。无可奈何,高买行有这个规矩,在本乡本土人缘没混好,或是流年运气不佳,只好到外面闯荡几个月,待到时来运转再回老窝。自然,在外边闯荡不能求大发旺,要守当地高买行的规矩,由主家给你定出地点,定出范围,定出时间,定出数额,还得定出孝敬老头子的"份子",一切不得自作主张。

"这样吧。"吴小手暗自琢磨一番之后,不无慷慨地对曾毛来说道,"天津卫这地方也是僧多粥少,比不得上海,每日三十万、五十万地活动。曾爷既然一时不便,我们也应尽地主之谊,新近天津盖了个大商场,曾爷就在那商场里做些活,以三千为限……"吴小手给曾毛来定出限额,允许曾毛来在天津"下"三千元的"活",数字不谓不大,对上海人的特殊面子,汉口、广州来的"溜子",没有过五百元大坎儿的。

"哈哈哈哈。"曾毛来未等吴小手说完话,竟放肆地大声笑了起来,"吴老哥玩笑了,我曾毛来上海帮响当当一代宗师,三千五千是休想打发走开的。"

"那,曾爷的意思?"吴小手忽然一个冷战,他看出此人来者不善,立时警觉地半欠起身子,狡黠的眼睛向上翻动,扬着细嗓询问。

"这个数。"说着,曾毛来伸开巴掌,将五根手指伸向吴小手。

"五千?"吴小手反问。

"一万五千!"曾毛来回答。

"明明只五根手指,何以还有个一万?"吴小手不服气地诘问。

"这巴掌才是个整数,我伸给你看的是一巴掌外加五根手指。"曾毛来得意洋洋,为海派高人果然胜北方佬一筹而盛气凌人。

"领教,领教。"吴小手双手拱拳作揖大拜,重新坐定,又摆出一方老头子神态, 在过津溜子面前不能失了板眼,"好吧,一言为定,一万五为限。"

"吴老兄义气!"曾毛来对吴小手的慨然应允表示钦佩。

吴小手受到曾毛来恭维并不显十分得意, 他依然冷静非凡地说:"只是,这一万五,按天津卫的规矩,要一手活。"

一手活,吴小手的意思是说只能"买"一遭,就是只能偷一次,一下手,就得值一万五千大洋,不能慢慢地偷,今日三百,明日五百,待到凑足了一万五千元你再走人。那样,天津爷们儿的"鸟食罐儿"岂不被你砸了?

"好,吴兄的'船头靓'。"曾毛来半欠起身子向吴小手施了个大礼,赞赏吴小手处事果断,"多谢吴兄关照,事成之后,曾某再来叩谢辞行。"事情谈妥,无须多话,曾毛来起身,抖擞一下长袖、抱拳、作揖、正冠、举足,回身便要出门。

"七日为期。"在曾毛来身后,吴小手补了一句,暗示他倘七日内"下"不了一万五,乖乖地你给我滚蛋,别在天津卫起腻。

嗵嗵嗵,一阵脚步声,曾毛来大摇大摆地走了。

眼巴巴望着上海滩的瘪三码子来天津卫打野食,一万五千大洋白白流进他人的腰包,天津爷们儿咽不下这口气,明摆着往咱爷们儿眼里揉沙子,得给他来个"栽儿"。"栽儿"者,栽跟斗之简称,意思是要给他来个下不来台,丢他的丑,揭他的底,给他个难堪。

正在血气方刚的陈三找到吴小手,"决不能让他在咱爷们儿地界里称王称霸"。但高买行不兴动手,不似脚行们抢地段,白刀子进去红刀子出来,更不许大家伙一阵乱棍把闹事的野种打死,这出戏要文唱,还要唱得有板有眼有腔有调有神有韵有滋有味,该如何一种唱法,如今就看陈三的了。

"摽"上曾毛来,陈三尾随他在天津卫转,整整三天,曾毛来在天津踩道访路,他得找到个一下手便能拿到一万五千大洋的地方。而且只身一人,没带"帮活的",上海滩拆白党那套使不来,乘上八抬大轿,带上仆佣,前呼后拥走进金店,小两口要给老夫人贺寿得看几件金器,一件一件全不中意,最后说先送去请老夫人过目,仆佣留下,只大少爷和少奶奶携带金器回府,孩子留给女佣抱着,金店掌柜送到店门外,眼看着两位贵客乘轿去了。乖乖,等着吧,活等了大半天不见人影,问仆佣"你们少爷呢?"仆佣才哭天抹泪地回答:

"谁认得他哟,半路上拉我们来这里说是做零活的,这怀里的孩子是向邻居借来的。"

天津卫不吃这套,大宅门的恶少们,个个有名分,整天花天酒地在市面上泡,谁也假冒不了,自称是什么什么大公馆,八大家,没门儿,想看货有人送上门,连根毫毛也休想带走,有能耐的自己动手下活,是牵是挂是绺是带,遮住主家耳目,全归你所有。曾毛来,既然你单枪匹马想闯天津卫,有本领你就露两手吧。

第四天,曾毛来坐进了大舞台,好眼力,果然不凡。一手下一万五,没那么轻巧,老龙头火车站来往客商,谁身上也不能带这么多的现货。北马路金店,全是些精巧的小物件,耳环、金镯、戒指,两手全捧走,也够不上一个整数。至于绫罗绸缎,那更无足挂齿了,你不能把几百匹丝绸全挂在身上吧。唯有这大舞台,虽说是个戏楼,但油水大,天津卫几桩大生意,全是在这儿做的。

大舞台,位于天津城南,穷极奢侈,可与颐和园之大戏台媲美,门外车水马龙,每晚演戏时,更是半街骏马半街轿,好不威风。戏院内,灯火辉煌,亮如白昼,非津京名角不得登台,无论孙菊仙、谭鑫培皆以在大舞台献艺为荣,天津戏迷不叫好,算不得是个角儿,天津戏迷就是这么刁钻。而且大舞台首倡妇女观剧,楼上包厢,一家一户自是老爷太太少爷少妇同厢同席,楼下散席,男左女右,中间宽宽一条市道,有卫道者巡察往返,倘男宾席有不安分者侧目斜视女宾,概以有伤风化论处。

在大舞台楼上楼下转了一趟,陈三发现果然有一件宝物价值连城,而且绝对不仅只值一万五千大洋。什么东西如此金贵?贝勒爷的云龙扳指。扳指,是戴在大拇指上的饰物,而且必须是有身份的人才能佩戴,戴上扳指,大拇指就要直挺挺地翘着,一副老子天下第一的神态,满天津卫敢戴扳指的,多不过十几位爷。帮会老头子戴扳指,多不过是件玉器,有精细的雕琢,但值不了几个钱。贝勒爷曾经是朝廷派出的巡洋使节,出洋前朝廷特赐了一块云龙翡翠,一方纯正碧绿的翡翠,上面伏着四条云龙,经过工匠精雕细琢,将翡翠玉石的云龙条纹凸出来,果然神态万千,四条云龙盘绕成一只扳指,戴在直挺挺大拇指上,敢在德国皇帝面前充老大,天朝公使,同化蛮夷之邦来也!

陈三断言,曾毛来必是奔贝勒爷的云龙扳指来的,因为大舞台再没有其他值钱的物件,你就是将一台《跳加官》的大红袍全偷走,也凑不上一个零头。好,既然如此,就且看他如何动作。头一天,曾毛来坐在楼下散座里,待到一出《草船借箭》唱到诸葛亮邀请鲁肃上船吃酒,曾毛来起身从男宾席走了出来。往来于男宾席与女宾席之间维持风化的好事之徒，以为他想趁机出来瞧名门闺秀，一步拦上来就要询问，曾毛来挥着手将来人推开，说了句："上楼给贝勒爷请个安。"

稳稳当当四方步，曾毛来走上楼来，东瞧瞧西望望，抬手招过茶房师傅，掏出些碎铜板吩咐茶房师傅说："给贝勒爷包厢里添四样果品。"茶房师傅点头哈腰称是，转身曾毛来又下楼去了。哈哈，陈三心中暗自一笑，他看出门道来了：此次上楼，曾毛来是踩道，明天，他该动手下活了。

果不其然，第二天大舞台开戏，曾毛来一身黑燕尾服，戴着茶色水晶墨镜，戴着雪白的手套，手里攥着汉白玉健身球，大摇大摆地坐进了楼上包厢。楼上楼下一片惊讶，这是位什么爷？吃洋饭的，从租界地来，除了租界地工部局的官员，还没见中国人穿这身行头。了不得，楼上各包厢的富贾士绅纷纷起身致礼，连太太小姐们都微微示意，楼下散座男女宾客同时起身，向着楼上的这位吃洋饭穿洋服的爷深深地一鞠躬，连舞台上的场面都全体起立给这位爷打了个大千儿。开场锣鼓响起，曾毛来气宇轩昂，目不斜视，大有头一遭看京剧眼界大开的神态，紧挨着曾毛来的包厢，贝勒爷一个劲儿地往这边飞眼儿。

"二爷万福。"舞台上《坐宫盗令》杨延辉一曲西皮二六唱得正酣，茶房师傅推开包厢小门走了进来，他将一托盘干鲜果品放在曾毛来下手茶几上，然后恭恭敬敬地打个千儿禀告道:"仁记洋行买办董五爷给爷敬茶。"

敬茶者也，不是这位董五爷亲来包厢给这位爷斟茶倒水，他只是出了一元银洋交茶房师傅送上来一份果品，请这位爷喝茶的时候品品味道。这叫尽点儿孝敬，谁让人家有钱有势呢，明看见在楼上包厢里坐着，装不知道，那叫目中无人，日后当心踢了你的鸟食罐。

曾毛来头也没有点一下，对那位董五爷的孝敬毫不理睬，依然傻呆呆地看他的戏。

茶房乖乖地退出去，自然是去那位尽孝敬的董五爷那里禀告说这位爷向董五爷致谢，董五爷一高兴，免不了要赏茶房师傅几个零钱。

"二爷万福。"过了些时间，又一名茶房师傅托着银托盘走进了曾毛来的包厢，茶房师傅向曾毛来施过大礼之后，将银托盘放在茶几上，银托盘上放着一张帖子，"贝勒爷请爷屈尊移座品茗。"

好大的面子，贝勒爷是龙种，皇帝爷的亲属，血脉里流的是皇族的血液，贝勒爷今日看在这套洋大礼服的面子上，须知，进贝勒爷的包厢就和进紫禁城、王爷府一样，在包厢里侍候着的全是随身的太监。

曾毛来起身整理一下蝴蝶领结，抖擞一下礼服，将长长一条辫子甩到背后，托了一下水晶石茶色眼镜，抬起文明杖，仪态端庄，启步向贝勒爷包厢走去。茶房师傅缩肩躬腰，虚吊着半口气，猴儿一般跟在后面护送，及至包厢小木门外，茶房师傅提着小公鸡嗓禀报道："禀报贝勒爷，贵客求见。"

大摇大摆，曾毛来走进贝勒爷包厢，见了贝勒爷，曾毛来一不下跪，二不叩头，他只是将胸脯高高地挺起来，拉着长声怪调说了一句："你好！"随之便将一只右手舒开伸了过去。幸亏贝勒爷出洋见过世面，他知道此乃西人之握手礼也，匆匆忙忙便伸过手去握住曾毛来的大手。握住曾毛来的右手之后，贝勒爷忙拉他坐在自己身旁，他怕这位洋场人物转身向自家宝眷伸手行握手礼，那时，还礼也不是，不还礼也不是，真让洋场人物挑出不是，弄不好又要割地赔款。

"贝勒兄别来无恙。"哟，听曾毛来这口气，他和这位贝勒爷还是老交情，贝勒爷侧目望望曾毛来，不认识，无论在哪里都没见过。

"老眼昏花，实在是……"贝勒爷翘着大拇指，眼睛盯着自己的云龙扳指说着，又是看在这身洋服的面子上，否则，和贝勒爷称兄道弟，瞧不将你肚里的牛黄狗宝挤出来才怪。

曾毛来似笑不笑地摆摆手，依然是慢条斯理地说着："真是贵人多忘事呀。何况，彼时彼际，贝勒爷身为天朝使臣，德皇威廉也是一国之君，贝勒爷当然不会记住德皇身后的翻译官了。"说着,曾毛来一口痰吐在地上,随之还轻轻地咳了一声。

贝勒爷的身子暗自颠了一下,他似是忆起了当时的情景,只是那时自己在德皇面前只是赔礼致歉,为一桩侨民案件求德皇宽宥,战战兢兢,诚惶诚恐,他哪里还记得翻译官的面孔?

"莫非,莫非,莫非又有什么交涉吗?"贝勒爷吸着水烟,声音咕噜咕噜地问着。

"不为公务,不为公务。"曾毛来向贝勒爷解释本翻译官此次来华绝非又要摊牌,"在外面住得久了,想家,想家。"

"那就好,那就好。"贝勒爷长吸一口气,一场虚惊云消雾散。"来日设宴,为翻译官接风。"说着,贝勒爷端起了茶盅。

和贝勒爷说话,只能三言两语,曾毛来自然起身告辞,整理蝴蝶领花,扶正水晶石茶色眼镜,舒平衣服,捋捋胡须,然后告别,伸出右手,行握手礼。

"再见。"曾毛来不说"留步",上了句维新词,贝勒爷拉住曾毛来右手往包厢外送,他还是怕这位洋爷告别时和夫人、小姐行握手礼。

走出贝勒爷的包厢,曾毛来回到自己包厢,此时,一出《坐宫》唱罢,下一出换戏换角,翻译官大人不爱看,起身走了。下楼时,这位翻译官大人还特意慢条斯理地戴上一副白手套,伸伸手掌,抓抓手指,表示手掌里什么东西也没有。

茶房师傅自然恭恭敬敬地在身后护送,走出包厢楼层,走出回廊,走到楼口,才抬步,忽一个二愣子匆匆从楼下跑上来,茶房刚要喝喊"让路"。不料那二愣子已侧身从曾毛来身旁挤了过来。楼道狭窄,二人抢路时,曾毛来身子微微晃了一下。曾毛来身为德皇御前首席翻译官,当然吃不下这个眼前亏,盛怒之下,扬起拳头就向二愣子砸去,二愣子匆忙中自卫,双手抱住了曾毛来的拳头,争执之中茶房师傅上来推开了二愣子青年,幸好翻译官曾毛来没有再计较,又握着拳头向二愣子青年晃了晃,走去了。

这位在楼梯口撞曾毛来的二愣子,不是外人,就是万能手陈三。

"我的云龙扳指!"曾毛来才走出大舞台,楼上贝勒爷一声呐喊,大拇指上的云龙扳指不见了,惊天动地全大舞台掌柜,领班全跑了出来,活像是戏院里着了火一般。立时,封住楼上包厢,提着汽灯查看,呼啦啦,又有几个茶房围上来钻到椅子下面去找,一时间乱哄哄,连戏都演不下去了。

"禀报贝勒爷。"话声扬起,陈三一个大千儿礼施过,前腿弓,后腿跪,恭恭敬敬地侍候在贝勒爷的包厢门外。

"什么人?"贝勒爷正在火头上,恶汹汹地回身喊叫,吓得包厢里的小太监全身抖搂。

"小的给贝勒爷送云龙扳指来了。"陈三半跪在包厢门外,双手平伸,掌心向上,双手当中,贝勒爷的云龙扳指闪闪发光。

"啊!"一声惊叫,包厢里的太监一呼啦跑出来将陈三团团围住,颇有宫人们怕跑了什么要犯一般,唯恐陈三来这里欺骗贝勒。钻进座椅下面寻找扳指的茶房师傅们也跑了出来,将陈三围住,一双双冒贼光的眼睛闪出妒忌。只怨恨这枚扳指没有被自己找到。

"怎么一档子事?"贝勒爷忘了王爷的架势,粗声粗气地大声询问。

"禀报贝勒爷。"陈三礼法周全地低声述说,"刚才在贝勒爷包厢里吃茶的那个人,其实是上海来的高买,他趁王爷疏忽,施握手礼时捋走了这枚云龙扳指。小的知道这枚扳指是贝勒爷的爱物,见他将云龙扳指握在手间下楼时,小的硬从他手掌心里把贝勒爷的扳指抠出来了。"

"他就那样乖乖地由你抠?"贝勒爷是何等的精明,他唯恐再出来个歹人用假扳指骗他。

"他当然将贝勒爷的扳指攥在手心里。"陈三恭恭敬敬地禀报,"可他戴着白手套,趁他挥拳打我时,我用个软木瓶子塞将贝勒爷的扳指换了下来。"

一把从陈三手里抓过云龙扳指,贝勒爷连同福晋、格格们一番辨认,真货无讹,一家人这才舒下一口气来。

"哎哟,宝贝,贝勒爷日后一准疼你。"一没有问陈三的姓名,二没有问陈三的住址,贝勒爷抓着云龙扳指,携带福晋、格格们扬长而去了。

第五章

从此，天津卫多了一位陈三爷。

陈三爷何许人也？就是万能手，陈小辫，陈三。吴小手哩？让贤，自愧弗如，洗手不干了。有陈三爷坐镇天津卫，避邪，南来北往的过路溜子，都不敢在天津卫多翅儿。

坐上高买第一把金交椅，当上了老头子，陈三爷再不二仙传道，一佛升天、童子引路地动手做活去了。头一个月，陈三爷娶了瘪蛋的姐姐五姑娘为妻，班子里交的赎金是大洋二千元。第二个月，陈三爷在日本租界地买了一所小楼，楼上、楼下、假山。流水，与大太监小德张在英国租界地买的房子不相上下。第三个月，陈三爷坐上了包月车，一名车夫，一辆胶皮车，专侍候着陈三爷，胶皮车车把上两盏大灯，灯罩上写着斗大的"陈"字，大马路上跑起来，天津卫爷们儿全往边上躲闪。

这么大的排场，这么大的开销，陈三爷有多大的进项？反正这么说吧，没数儿。开平矿务局总办，仁记洋行掌柜，正兴德茶庄老东家，天津府道台，谁的收入也比不得陈三爷。各路小老大的"份银"有限，只够日常开支，柴米油盐茶，如此而已，各个商号，按一年三大节，规规矩矩有陈三爷一份例银，钱多钱少因生意而定，不成文的章法，陈三爷算一份股。我的天爷，满天津卫有名有号的大商户千多家，每家每号都算陈三爷是一份股本，陈三爷岂不成了天津卫第一大阔佬了吗？

没错，就是这么一档子事，从小处说吧，自从陈三更名为陈三爷，一年三百六十天，他就没在家吃过晚饭，家门口投帖子的排成号，不三不四的地方，陈三爷连睬都不睬，实在推托不开，又必须亲自"道常"的，有时一晚上陈三爷要赶三家大宴。元隆王记登瀛楼大宴上用一杯酒，告辞出来，包月车一路小跑赶到斗店吴记正阳春吃一片烤鸭，告辞出来，再乘包月车赶到全聚德，明日瑞蚨祥分号开张，陈三爷匆匆赶来用了一道点心。

有时候，陈三爷自己心里也敲小鼓，他担心自己在天津卫闯荡这许多年，秦琼卖马，败走麦城，落魄时那份蔫巴样，不会没有人瞧见过，何况针市街扛活，还被人扭送到官府治罪，如今依然那个陈三，只多了一个爷字，真让人识出庐山真面目来，岂不要大庭广众之下丢丑吗？差矣，陈三爷，如今既然作了陈三爷，市面上的人早把当年的陈三忘了，更何况当今陈三爷袍子马褂,绫罗绸缎地穿着,坐着包月车,胸前挂着金怀表,世人们是只识衣冠不识人的。此一时彼一时,同一副容貌,穿着号坎儿就是人伏,穿上龙袍就是皇帝老子,你有胆量穿玉皇大帝的衣冠,连神鬼都给你下跪磕头。无论天上地下,大家都认着一个理儿,认错了容貌,多不过落个寒碜,倘若认错了衣冠,弄不好真会惹出杀身灭门之祸来,呜呼哉,邪!

如此这般,当新任直隶总督袁世凯大人要在天津推行新政,图谋根除窃贼的时候,能够挺身而出,要为天津卫高买行争下一碗饭,从总督大人治理下为高买行留下一条活路的人,只能是非陈三爷莫属了。

在直隶总督府巡警局捕快帮办任上,陈三爷好不清闲,他没有公务在身,一不奏折、二不议政,除非高买行出了什么大案,什么什么个了不得的人物丢了件了不得的物件,找到陈三爷,三日为期,完璧归赵。高买行的行规,下活后,原物三日不出手,倘三日后才来追问,对不起,就是皇帝老子的玉玺,也休想追回去了。而且,还有一条行规,只送东西不送人,不知不觉间下的活,要不知不觉间送回去,失手走板,以后自己就别吃这行饭了。

平平安安,在陈三爷治下,天津卫度过了十几年太平日月,天下太平者,是说商贾巨富没有遭大劫大难,开市前三天的大小商号没丢过东西,过路的达官贵人没失过爱物,高买行内部也没有人互相倾轧,更没有人敢和陈三爷争这把金交椅。这十来年,陈三爷的小日子过得不错,昔日的五姑娘如今作了陈三太太,每日里珠光宝气地前晌里聚些老姐们儿搓麻将,下晌里有丫鬟陪着去小梨园听什样杂耍,非凡的仪态,非凡的容貌,居然被维新的《369画报》捧为津门第一名媛。瘪蛋哩,干正经营生去了,陈三爷有的是大洋钱,给他内弟在小站新军里买了个官位,如今已是耀武扬威一介武夫了。

这十年期间,清室祚覆,宣统退位,中华民国迁都北京,昔日的直隶总督袁世凯作了第一任大总统。陈三爷呢?自然早免了捕快帮办的官衔,自自在在地作起中华民国国民来了。

没了官衔,陈三爷依然受到各界民众的敬重,上至英国租界地工部局,日本租界地三友会馆,下至华界地内的劝业商场、天祥商场、谦祥益、瑞蚨祥,无论是华商、洋行,家家户户依然按例给陈三爷送"份银",轮流排定日期,家家户户还要为陈三爷摆宴,陈三爷自然是乐于护佑众生,一心地只为维持天津地面尽力。

天津卫这地方,很有几位避邪的人物,只要这位爷坐在那里,那里便平安无事,久而久之,人们都称这类人物为平安太岁。其中有团头、粪头，还有贼头，婚丧嫁娶，红白喜事，必得将这三位头面人物买通，团头在主家门外立一根花花棒，粪头在花花棒旁边立一根新扫帚，贼头不设标志，暗中都下了嘱咐。否则，你这里花轿抬到门口，新嫁娘才要下轿，呼啦啦一帮乞丐围上门来，这个敲牛胯骨，那个往自己头顶上拍砖头，还有的一根铁链锁从胳膊肌肉中间穿过来，稀哩哗啦，这堂喜事看你如何办？粪头更厉害，你这里才摆上酒席，主宾座次才刚排好，举杯祝酒，恰这时大粪车来了，停在大门外找上风头掀粪车木盖，这酒这肉还有什么味道？贼头呢？那就更无情了，办喜事不偷新娘，办丧事不偷棺材，别的，留心着吧，让你人人身上减轻些重量。

所以，陈三爷忙得不可开交，这家请、那家请，民国以来商业振兴，无论哪家商号开张，都要请陈三爷去坐镇。在店堂里坐一天，陈三爷没那么多时间，不过是乘坐包月车来到门前，双手抱拳作揖施礼，"发财，发财。"不吃菜，不闲坐，只要"道常"一趟，保你开张前三天平平安安，陈三爷呢，也自然得一份好处。例银更有分教，双份八十，共计一百六十元大洋，一份八十酬劳陈三爷大驾光临，另一份八十元大洋请陈三爷代为打点各路的弟兄，倘不是各位成全、关照，陈三爷坐得也不会如此轻松。大有大份，小有小份，人人都得沾点儿油水；有吃鸡的，有喝汤的，人人都得尝点儿滋味。人皆此心，物皆此理，全是这么一档子事。

只有一处地方要劳烦陈三爷陪坐，拍卖行。这拍卖行是维新的生意，洋毛子性急，中国人卖东西寄放在一处店铺里，标上价钱等候顾主，价钱合适，您买走，两厢勉强不做生意，有的是时间再等新买主，所以古玩店里有的古董标上价钱愣三年没卖出去，还不着急，反正越老越值钱。洋毛子卖物件恨不能我这一摆出来就能卖出手，没人给价钱，他自己急得拿小木槌敲桌子，有人看中了，无论给多低的价钱，主家都不恼火，看着便宜自然有人往上涨价，涨到差不离了，再没有人开口，梆的一声，类似中国大老爷公堂断案，就这么定了，是便宜是上当，梆的一声，算是拍下来了。

小拍卖行，自然不敢劳烦陈三爷大驾，天津卫新开的最大拍卖行，立森拍卖行，每逢星期六拍卖，必请陈三爷坐镇。陈三爷不买、不给价、不掺和事，不看顾主、卖主，不看物件成色，不评头品足，只优哉游哉地坐着，为的是维持平安。为什么单单立森拍卖行要由陈三爷亲自出面坐镇，道理很简单，立森拍卖行做大交易。立森拍卖行成交过开平矿务局的矿井，成交过胶东铁路的一处路段，每次拍卖，立森拍卖行都亮出件稀世的珍宝，秦始皇熬长生不老药的砂铫，武则天行乐时敲击的布面手鼓，洋人吓呆了，中国人看傻了，谁也没想到中国还有如此值钱的宝贝，你三千，我一万，真有几千万一件的好货,可有个卖头呢。

这一日又和往常一样,陈三爷在立森拍卖行坐了一下午,他也没留心今日下午都成交了些什么交易,只觉得拍卖行里人声鼎沸,一个留长胡子的外国人站在椅子上挥臂喊叫,一个胖胖的黄发碧眼洋婆子捂着鼻子"喵喵"地哭,整整一个下午,吵得人疲惫不堪。

下午四点,这一日该卖的物件都成交了,立森的华掌柜和洋掌柜同时向满堂贵宾宣布说:"诸位阁下,本行受人之托将拍卖一件宝物,今日先请诸位过目,下次开行论价。"

话音刚落,呼啦啦便有八名彪形大汉从内室出来将陈列拍卖品的地方围了一个大圈,这八名彪形大汉一个个横眉立目左望右看,活似官军护法场一般威严,见拍卖行内没有异相,主家又一声吩咐,这才有四名伙计小心翼翼地缓步抬出一个大玻璃罩,玻璃罩一件碧绿闪光宝器光彩夺目,闪出熠熠亮光。

"啊!"早有洋女士一声尖叫,呼啦啦全场宾客都站起身来,后面的看不见,索性登上座椅,"啊!""啊!"惊叹声此起彼伏,人们为亲眼看到的景象惊呆了。

"不虚此生啊!"一个中国人喊了一声,随之泪珠潸潸地涌流出来,抽抽噎噎,声音哽咽,那个富绅断断续续地自言自语:"只听说过有这件宝物,不敢奢求今生今世还能看到,造化呀，造化！"说罢，一屁股坐在椅子上，他几乎昏厥了过去。

"万岁，万岁！"一个洋人站在座椅上，摇着一双胳膊嗷嗷地喊叫："如果我是皇帝，宁肯舍弃半壁江山，也不会卖出这件宝物。一言为定，这件宝物我们要了，价钱太贵，我们一国凑不齐，我们可以联合别的国家一起买，买到之后属两国共有，每个国家展览一年。"

"啊！伟大，伟大！"整个立森拍卖行一片沸腾，喊叫声震得大屋顶哗哗地直落尘土。

只有一个人对此无动于衷。陈三爷，他压根儿没撩眼皮往宝物上瞧，管他是什么物件呢，你有八名彪形大汉保镖，我坐在这里不让高买行的能人给你偷天换日，谁买谁卖，全与自己不相干，反正坐一下午，有八十元大洋酬金。

"贼子呀！呸！可耻的贼子！"正在众人为能亲睹宝物光彩而如醉如痴地发疯的时候，人群中一位白头发、白眼眉、白胡须的老人大喝一声，从座椅上跳起来就往前蹿。跟在他身后的似是这位老人的仆佣，忙追上来将老人拦腰抱住，战战兢兢地连声劝慰。

"老编修，这里不是自家翰林府，使不得，使不得呀！"

"可耻的贼子，我与你不共戴天！"老编修正在发怒，谁也劝慰不住，在仆佣的拦阻下，他还是挥舞双臂，银白的头发颠颠抖抖,雪白的胡须哆哆嗦嗦,老人又气又怒,一双手颤得十指瑟瑟,他已是不能克制了。

一阵骚乱,众人的目光都集中在老人身上,老编修想扑向被拍卖的宝物,无奈仆佣抱得紧,立森拍卖行见有人出来闹事,主家一个眼色,八名保镖早护送着四个伙计抬着宝物退到后房去了。

"贼子,贼子,可耻的贼子!"老编修还在破口大骂,但此时他声泪俱下,已是泣不成声了。

陈三爷还是不动声色,他猜测这件宝物必是老编修的传家宝,不慎被什么人偷了出来,或者是儿孙不成器,败家,拿这件宝物换了个姨太太,所以老编修才来这里大闹拍卖行,没用,谁让你没看住呢?除了房产田地,一切没有文契的东西,落在谁的手里便归谁所有,有能耐将阎王老爷的生死簿偷来,全天下人的小命便全捏在你手里。

咕咚一声,老编修昏倒过去,跌在了仆佣的怀里。

活该!陈三爷暗自唾了一口,起身走出了立森拍卖行。

"我不走,我不走,天公有灵,今日就让老朽杨甲之死在这里吧!"

老编修被仆佣搀扶着走出拍卖行,站在马路边上死活不肯登马车,一屁股坐在地上哭着喊着地非要寻死,这一来可吓坏了仆佣,他双膝跪在地上恳求老编修登车回府,有什么想不开的事,到家里再找人合计。

"贼子!贼子!"老编修还在声嘶力竭地骂着,此时他已经哭喊得没有一丝力气了。

听见有人在大庭广众之下捶胸顿足地骂贼,陈三爷心里就老大不高兴,又听见仆佣们称这老人为编修,老编修且自报门户说是杨甲之,灵机一动,陈三爷想起来了,这就是十几年前袁世凯就任总督大臣时,奏本上书参议除盗的那个议政大员。真是冤家路窄,这些年早想访访这位蕉亭老人,后来清室退位,民国维新,他没有找到靠山,每日只在家中读书清谈,满屋里的旧书实在不值得下手,否则决不会让他平平安安地活到今天。

"老爷子这是骂谁?"陈三爷索性先不回家,一步凑过来,似是好奇地向杨甲之询问。

"我骂那窃国的贼子!"杨甲之见自己撒疯居然吸引来了看客,自然疯得更为起劲儿,只是一旁侍候的仆佣怕老编修惹祸,忙一步过来向陈三爷解释:

"这位爷,您老忙您的正差,我家老爷子肝火盛,他只是骂我们这些不中用的家奴。"

"我没问你。"陈三爷一把将杨甲之的仆佣推开,仍然向着怒不可遏的老编修询问:"你们家嘛值钱的玩意儿丢了?"

"老朽一介书痴而已。"老编修摇头摆脑,恨不能一番表演能多吸引来几位看家,好借机放些忧国忧民的厥词,无奈天津卫的爷们儿都太忙,人们宁肯去看猴戏,也舍不得时间来听书呆子骂闲街,所以无论老编修怎样装腔作势,到头来也只有陈三爷一个人等着他答话。

"老朽既老且病,一贫如洗,两袖清风。"在仆佣的搀扶下,老编修向陈三爷娓娓道来。"如渭南陆子所言,吾室之内,或栖于椟,或陈于前,或枕藉于床,俯仰四顾,无非书者。"

"别对我转文,我不懂。"陈三爷不耐烦地打断老编修的话。

"我家老编修是说,翰林府里无论架上,橱里,桌上,床上,只有书。"到底是书香门第家里的仆佣,耳濡目染,好歹也算半条书虫子。

"有人偷你书了?"陈三爷又问。

"窃书不为偷。"老编修拉着长声地回答。

"有人偷你家钱财了?"

"老朽一文不名。"老编修回答得潇洒得意。

"你一没丢书,二没丢钱,干嘛豁着一条老命在这里骂贼?"陈三爷气汹汹地追问。

"彼窃钩者诛,窃国者为诸侯,诸侯之门而仁义存焉。"老编修似吟诗论文,似向皇帝老子派下来的大臣奏本议政,抑扬顿挫，说得有滋有味、有韵有律。

"我是一个字也没听懂。"陈三爷甩着袖子说着，只一双眼睛眨个不停。

"老编修是说，拿了邻居的一把镰刀，大家都骂他是贼，可是窃国的奸臣，却当了大官。"还是仆佣为老编修作翻译，翻译成白话口语之后，仆佣还加上自己的一些按语，"这可是与时局无干，老编修不过是背诵一段圣人的古训，谁也别起疑心。"

"我明白。"陈三爷点了点头，"偷镰的是贼，偷锅的不是贼。当然啦，偷了锅，就要用锅烧饭，吃人的嘴短，谁还敢骂贼呀！"

"非也，非也。"老编修的仆佣居然也摇着双手说起之乎者也来了。

"这位学子。"老编修一把抓住陈三爷的手，推心置腹地说起了知心话，"既然你也憎恨窃国的贼子，就听我慢慢地对你说来吧。"

就在附近，有一家茶楼，老编修拉着陈三爷找到一处僻静的座位，伙计为两个人泡上一壶新茶，老编修对陈三爷一五一十地讲了起来。

"请问学子尊姓大名。"老编修平静下来心情，双手抱拳致意，要和陈三爷作朋友。

"姓陈,名三。"

"三?"老编修打了个冷战,没想起曾有哪位贤人叫这么个名字。不过天津人齿音重,三与山混音,老编修又一点头,"好名字。"山、杉、善,无论哪个字都不错。

"杨甲之痛斥窃国贼子,承蒙老年兄赏识,果然人生得一知己,足矣。"说着,杨甲之眼窝又有点儿微微变红。

强忍住满腔委屈,杨甲之这才对陈三爷讲起他今日骂贼的原因:

"窃国者谁?"老编修自以为诡谲地眨一眨眼,不须陈三爷回答,他便又接着往下说,"当今民国大总统——袁世凯。"

支愣一下站起身来,陈三爷似被蝎子蜇了一下,捂着屁股就要走,"你怎敢辱骂当今的圣上。"陈三爷对旧主无可怀恋,他只知皇恩浩荡,从不问皇上是谁。

老编修一把将陈三爷拉着重新坐下,既来之则安之,今日不听老编修把话讲完,陈三爷休想脱身。

"袁世凯初受总统职权时,居铁狮子胡同,其属僚有献媚者,谓私邸不足为总统公府,由是,袁世凯蓄意为自己营造宫城。京城童谣,有谓'颐和园'实为'与乎袁'之兆也,如今,他要将前朝的宫廷作私家的房产了。袁世凯放言:'昔天子四海为家,吾习于欧化,以三海为家。'何谓三海?辽建燕京,引玉泉山水入城,汇为池沼,池上跨玉栋桥,桥北为北海、桥南为南海、中海,你瞧,他要搬到宫里去了。"

"人家有那份造化。"陈三爷对新朝万岁爷住在哪里不感兴趣,只无心地为袁大总统辩护。

"迁居是假,篡位是真,老袁他要称帝了。"老编修越说越恼怒,此时已是激愤得全身哆嗦,须发颤抖了。

"老爷子,您老是越说越不沾边了。"陈三爷不耐烦地打断老编修的话,只想问清他何以骂贼。

"为了称帝,他明里紧锣密鼓地立什么筹安会,论国体议建制,暗里正在大兴土木,修清华宫,改建正阳门楼,只此两项工程就要耗资百万金,而且由德人包修……"

"这和贼有什么关系?"陈三爷几乎是立起身子询问,若不是看老编修是一员翰林,他早一脚蹬上座椅,一手插在腰间要口出不逊了。

"如此,他们便将宫中的宝物尽偷出来变卖,说是筹措经费,实则是趁火打劫,以饱私囊。君不见这一阵天津拍卖行常有国宝标卖?一件一件,全落到了洋人手里,洋人出钱买了你的国宝,再包工修宫城将他给你的银子赚回来,趁此机会老袁作了皇帝,华夏古国,复兴无望矣!"感慨着,老编修潸然泪下,又是泣不成声了。

"原来,你骂那些窃国的臣子。"听了半天,陈三爷这才明白其中奥秘，刚才因老编修骂贼烧起的无名火也立即消散了。站起身来，他抱拳作了个揖，向老编修告辞地说道，"那些事，我陈三就管不着了。"

"你不能不管！"老编修一把抓住陈三爷的衣袖，蛮不讲理地叫喊，"难道你看着这国宝流失就无动于衷？天下兴亡，匹夫有责，尔堂堂七尺须眉眼巴巴看着这件绿天鸡壶被洋人掠走，尔何颜面对这四万万同胞？"

"什么壶？"陈三爷走不脱，只是无心地问着。

"绿天鸡壶，此壶乃唐朝遗物，据史书记载，唐天宝时，工部集天下名匠数千人，以金箔镶嵌宝石，又雕镂精刻而成，历时五年，价值连城，为大唐国宝，代代相传。至宋时，赵姓皇帝更视为奇珍，深藏于宫城之内，连皇帝都不得随意赏玩。忽必烈氏入主中原，此国宝被一大宋老臣收藏，密封于泰山顶上的一座庙宇里，直到朱元津氏称帝，为搜寻这件宝物不知砍了多少人头……"

"值多少钱？"陈三爷愣冲冲地问。

"庚子赔款，德国将军瓦德西扬言以绿天鸡壶抵百万两白银减除赔款，大清朝廷没有答应。"

"还是老皇帝有骨气。"陈三爷连连称赞。

"他担心后边还有更大的赔款。"老编修拭拭眼角回答。"谁想到，老皇帝留着的家底没舍得用，如今竟被当国的贼子盗出来了。"

"可恨！"陈三爷也有些生气了。

"学子啊学子，咱们得把这件国宝留下。"老编修抱着陈三爷的胳膊央求。"我早立下誓言，绿天鸡壶失散之日，便是我老朽杨甲之殉国之时，我早备下了这八尺白绫，下次立森拍卖行开行拍卖绿天鸡壶，只待槌音落下，成交定板，我便将这八尺白绫悬在立森拍卖行门口投缳自尽。"说着，老编修从怀里扯出一条白绫绸，够不够八尺长，没人丈量，反正用来上吊自尽，必定绰绰有余。

"老人家，使不得，使不得。"仆佣忙上来解劝，匆匆将那条白绫抢过去。

"老爷子，想开些吧，皇上都退了位。"陈三爷见老编修哭得伤心，便也在一旁劝解。

"学子此言差矣，帝制，早该被废除，我虽是前朝国史馆编修翰林，但我深明大义，天下大事，顺应潮流，科学民主已是大势所趋，不废帝制，复兴无望。我只恨那些贪权的奸佞，前面废了他人帝制，后面又要立起自家帝制，为此他们窃卖国宝博取洋人欢颜。绿天鸡壶，杨甲之枉为男儿，枉生为七尺须眉，竟不能为四万万父老，不能为子孙后辈保住你镇守国运，可耻呀，可耻！"说着说着，老编修放声地哭了起来，哭泣中他还挥手劈打自己嘴巴，直吓得仆佣紧紧将他抱住，唯恐老编修发疯。

　　"快护老爷子回府吧。"看老编修痛不欲生的样子实在可怜,陈三爷也动了侧隐之心,只是他想不出能安慰老人的办法,只好劝老编修回家休息。

第六章

"五十万！"一位大腹便便的胖洋人，双手举过头顶，瓮声瓮气地喊叫着。

立森拍卖行里似烧开了锅，黑压压华人洋人挤得水泄不通，有买主，有保镖，有随从，有瞧热闹的，也有想顺手牵羊找点儿小便宜的。人群中前几排，全是要买绿天鸡壶的大阔佬，清一色洋人，东洋人、西洋人，日本人出价很谨慎，三百五百地往上加，美国人瞎起哄，瞅冷子往上涨个千儿八百的，够了火候又老半天不吱声，英国人步步紧逼，有人涨价他就加码，只有德国人一杠子抢死人，一猛子加到了五十万元。

绿天鸡壶，直到今天陈三爷才算开了眼，内行里的门道，他不懂，只壶身上镶的宝石，他明白全是天下稀有的珍宝，其中最大的一块有核桃那么大，碧绿闪光，活赛一只小灯泡，宝石上映现出千奇百怪的光彩，看得人直打冷战，其他镶在金片上的宝石就更不计其数了，灯光下一时变一种

186

颜色，真是神奇得妙不可言，看着和一只鸽子相仿佛的金壶，真就值一百万元吗？陈三爷闹不清其中的奥秘。这些日子，陈三爷满天津卫古董店里穷遛，也见到几件鸡壶，也金光灿灿，也镶着珍珠宝石，便宜得很，看上去比这件绿天鸡壶还作实。什么是真？什么是假？大家全认这件壶，它就成了宝物。

坐在自己固定的座位上，陈三爷依然对拍卖行内发生的一切漠不关心。主持拍卖的老板立在一张木桌后面，把一只小木槌高高地举在头顶上摇晃，时不时地似要往下敲，遇到冷场，他自己先提着嗓门喊叫："五十万，五十万，加到五十万啦！"

拍卖行大木桌旁边，摆着的就是绿天鸡壶，四四方方一只大玻璃罩，八名彪形大汉站在八个位置，只许远看，不许近瞧，连主持拍卖的掌柜都休想靠近，连只猫儿狗儿都溜不到边上。放心吧，除非民国陆军总长亲自统率十万兵马真刀真枪地比划，否则谁也休想把这件宝物抢走。

"我家老姻兄在河间还有五百亩地，全是上好的良田。"颤颤巍巍，老编修杨甲之又站了起来，在价钱涨到四十万的时候，他把自家的房契、地契全亮出来了，而且有文书，只要老编修想卖，买主当即交付现洋，加上老编修的一些贴己，他是今天立森拍卖行唯一和东洋人、西洋人争买绿天鸡壶的华人。有骨气,老编修给一次价钱,拍卖行里满堂爆发一次呼喊,中国人为能有个中国人替自己豁命感到骄傲,只是老编修底子薄,他经不住洋人叫阵,又一阵旋风,涨破了五十万,老编修有气无力地坐下了。

"那不是你的产业,不能算。"拍卖行掌柜不买老编修的账,不承认老编修在五十万价码上涨出的五百亩良田。

"我家姻兄和我是忘年交,一人救国,九族相助,何况我家姻兄也是位文坛名家,他撰写的《十叶余墨》,想来诸位都曾研读过吧?"老编修据理争辩,甚至于搬出学者盛名唬人,该也是到了技穷的地步了。

"六十万!"一个洋老太太对身边的随从悄声说了句什么,那个随从大声地喊了起来。

咕咚一声,老编修无力地瘫软在座椅上。

"六十一万!"一个矮个子日本人喊了一声,然后还得意地捋了一下仁丹胡须。

"六十一万五千元。"一个美国人嗷嗷地喊叫,"先生们,你们不要再加价钱了,无论你们谁加价钱,我都比他再涨一千元。"说罢,他调皮地眨眨眼,似是来这里看什么把戏。

"不!"老编修似是缓足了力气,又一声喊叫站起身来,"你们谁也不能买,这是中华古国的国宝,抢走了不是你们的光荣,只能是你们的耻辱。你们有骨气的国人会质问你们，这样珍贵的稀世宝物，为什么我们不自己设法制造，偏偏要把人家的东西抢回来。即使是今朝你们抢走了，这也不能永远归你们所有，有朝一日我中华古国复兴昌盛，那时我们还要再把它赎回来，你们岂不仍是一场空吗？"老编修振振有词，只乞求众买主就此罢休，五十万价码上，把这件绿天鸡壶由老编修买走。

"七十二万，七十二万啦！"拍卖行掌柜的喊声压下众人的喧闹，他的面孔早兴奋得紫红紫红，今生今世他第一次经手这样的大交易，按例提成，这次他发财了。

"我再加五百。"人群中的日本买主斯斯文文的插言打断了拍卖行老板的喊叫。还没容拍卖行老板报出价码，故意捣乱的美国人把礼帽抓在手里挥动着呐喊：

"我说过的，我在所有买主的价钱上面加一千。"说罢，他翘起二郎腿燃着了雪茄烟。

"抢劫，这明明是抢劫！"老编修气急败坏地捶胸顿足，只可惜他有气无力的悲鸣被拍卖行里鼎沸的喧嚣吞没了，没有人理睬他的义愤。

陈三爷不动声色地坐着，他只感觉拍卖行里这里一阵喊叫，那里一阵呼号，一阵一阵声浪席卷过来席卷过去，活赛是庙会上着了火，闹腾腾天昏地暗。坐在他固定的座椅上，侧目向老编修睨视，老编修如痴如醉的神态着实看着可怜。倾其家产，在四十万、五十万的坎儿上，他递过价钱，过了五十万大关，他似只被咬败的鹌鹑鸟，再不敢吱声了。拍卖行里，价码涨一次，老编修打一下冷战，五十万，五十五万，都像是一把一把钢刀刺在他的心上。老编修身边，今天多来了几个人，看穿衣打扮，其中坐在他身边的必是他的公子，杨公子见老爹面色苍白，汗珠子巴嗒巴嗒地往下滴，便心疼地劝解老爹爹及早回家，眼不见心不烦，免得眼看着国宝流失心如刀剜。只是老编修至死不肯离座，他一次一次地推开众人搀扶的手臂，将一根手杖在地上戳得噔噔响。"滚开！身为热血少年，你不能以身家性命拯救家国，居然还要阻拦我舍身力争，可耻！"买不下绿天鸡壶，老编修只有以骂自己儿孙出气了。

"八十万！"一位高个子的英国绅士腾地一下站起来，将礼帽挑在文明杖上飞快地旋转，晴天一声霹雳，他一下子将价码提到八十万。

"啊！"满拍卖行一声惊呼，随之又是鸦雀无声，人们被这可怕的价码吓呆了。寂静了许久时间，轻轻地响起座椅移动声音，一位洋老太太由众人搀扶着退场了，临走时她还回头向那件绿天鸡壶看了一眼，又万般惋惜地摇头叹息了一番。随着这位洋老太太，又有几位绅士甘拜下风，垂头丧气地退出了竞争。

"八十万、八十万，八十万啦！"拍卖行老板喊得岔了声，他的木槌已经是快要落下来了。

"啊！"一声呼号，众人随声望去，人群中发生小小的骚乱，老编修昏过去了。七手八脚，杨公子和众仆佣忙给老编修捶背捋胸，好长好长时间，老编修才舒出一口气来。"贼子呀，卖国的贼子！"老编修最后咒骂了一声，又不省人事，杨公子和众仆佣小心翼翼地搀扶着老编修，缓缓地向门外走去。

拍卖行里又恢复了平静，老板重复一次刚才的价码，那位英国绅士得意洋洋地两眼望天，拍卖行里又是鸦雀无声。

"一、百、万！"一字一字，一直争执不休的德国人大步走到拍卖行大桌案前面，伸出一只老铁拳，梆！梆！梆！一连砸了三下桌案，蹦出了三个字，价码到了一百万。

英国绅士被德国人当头一棒击得昏头转向，将礼帽戴在头上，大步流星，他逃之夭夭了。

"一百万，一百万，一百万啦！"

一连喊了七声，没有人再涨价码，拍卖行老板挥起木槌猛击桌案，拍案成交，一百万！

德国人胜利了，他趾高气扬地从怀里掏出个小本本，又从衣袋里拔出自来水笔，刷刷刷，大笔一挥，一张支票开出来，顺手递给拍卖行总账，买成了。

"送德租界！"德国人发下一声命令，然后拍卖行老板、总账陪德国人走进八名彪形大汉的警卫圈，俯身向玻璃罩里看看，平安无误，绿天鸡壶光彩夺目地在玻璃罩里放着。

"陈三爷辛苦。"拍卖行老板走过来向陈三爷施过礼，早有伙计将两个大红包送了过来，陈三爷没有推让，将两个红纸包收起揣进怀里，拍卖行老板亲自送陈三爷向门口走去，途中拍卖行老板还另给陈三爷加了一份茶钱，陈三爷也理直气壮地收了下来。

八名彪形大汉护送着绿天鸡壶，在陈三爷身后走着，德国人双眼死盯着这件宝物，唯恐它会长出翅膀飞走。

"老编修上吊了！"一声凄厉喊叫，拍卖行门口乱作一团，陈三爷止步向前望去，果然立森拍卖行大门门楣上，一条白绫套在横梁上，老编修双手抓着丝绫，挣扎着往脖子上套。

"滚开！"拍卖行老板火了，他一步跳过去，向着老编修的家人大骂，"从半个月前你们就跟我这儿捣乱，看我立森行好惹怎的，有嘛话明处说，少来这套卖死个子！"

"老板恕罪，恕罪，这是我家的事。"杨公子一面抢救父亲，一面向拍卖行老板致歉。乱哄哄，霎时间拍卖行门前围上了千八百人，路人里三层外三层将立森拍卖行围住。嘛事？嘛事？天津人什么事都爱打听缘由。

围观的路人和抢救老编修的仆佣挡住了陈三爷的路，陈三爷身不由己向后退了一步，恰好这时护送绿天鸡壶的八名彪形大汉走了上来，前挤后拥地把陈三爷夹在了当中。

"我还有事！"陈三爷才没有心思看热闹，他见前面出不去，返身便往拍卖行里面走。转回身来，八名彪形大汉挡在面前，陈三爷性急，用胳膊分开八名大汉，急匆匆从八名大汉的保卫圈中间穿了过去。恰这时，不知为什么，抬玻璃罩的伙计脚下没站稳，呀的一声身子歪在陈三爷身上，陈三爷回身将他扶正，幸好，这才保住他没有滑倒，否则准得把玻璃罩摔个粉碎。

…………

"陈三年兄，绿天鸡壶被洋人抢走了，我不活了，不活了！"

直到陈三爷找到老编修府上来问候病体，老编修还在房里哭着喊着地要以身殉国宝，而且放言三天之内或者投缳，或者跳井，此外别无选择。

"陈大人，您老快劝劝我家老人吧。"杨公子急得团团转，一个劲儿地给陈三爷作揖打千儿，求他劝慰劝慰这位疯老爷子。

"老编修。"陈三爷安抚得杨甲之安静下来，这才开始好言劝导，"绿天鸡壶已然被洋毛子买走了……"

"是抢,不是买。"老编修忙给陈三爷纠正语病,说话时双手还在剧烈地抖动。

"买也罢,抢也罢,反正到了人家手里了,你老也只能往开处想吧。"

"事关国人尊严,我是永远想不开的。"老编修用拳头砸得桌子震天响,吓得杨公子忙将一个座椅棉垫铺在桌子上。

"嘛叫尊?嘛叫严?"陈三爷没有听懂。

"绿天鸡壶是华夏国宝,倘这件国宝于英法联军火烧圆明园时遭劫,也还是清朝腐败,列强蛮横;可如今到了民国,四万万同胞竟护不下一件国宝,来日德国政府将绿天鸡壶陈列于博物馆展览,四万万同胞还有什么尊严可言?"

"老编修为国?"陈三爷问道。

"为国!"老编修朗声回答。

"老编修为民?"陈三爷又问。

"为民!"老编修理直气壮。

"不是为了自家发财?"陈三爷还问。

"国贫民富,复兴无望,我杨甲之一家,谈何发财?"老编修不明白陈三爷的提问,只含含混混地作些回答。

"我是说老编修想将这件国宝据为己有,若干年后再取出来卖个大价钱……"

"荒唐,荒唐,那才是小人襟怀。"老编修摇摇头说,"苍天在上,倘我杨甲之得到这件绿天鸡壶,我立即将其藏于深山古刹,待来日我古国昌盛,有圣人治世,我再将这件国宝献给四万万同胞,一不求功,二不求名……"

"老编修在上,受陈三一拜。"说话时,陈三爷向老编修施了个大礼。

"拜我的什么?"老编修疑惑地问道。

"我拜你到了这般倒霉年头,居然还有心爱国爱民。"

"人人皆爱中华。"老编修回答。

"将绿天鸡壶从宫中偷出来卖的人就不爱中华。"陈三爷说得有理。

"尔等国奸,非我族类。"

"我也马马虎虎。"陈三爷自谦地说。

"年少识浅,来日自当深明大义。"老编修又劝慰陈三爷不可过于自谦。

"既然如此,我有几句话要和老编修私下谈谈。"陈三爷见老编修已经冷静下来,便想对他往深处说几句知心话。

"你们都退下。"老编修吩咐公子和仆佣退下,关上房门,屋里只剩下了老编修和陈三爷两个人。

中间一张花梨雕花八仙桌,老编修和陈三爷按主宾位置坐下,老编修洗耳恭听,以为陈三爷必有什么指教。

"吃我们这行饭的本来不许管闲事。"陈三爷神气十足地坐好,也学着学究们的神态,拉着长声说起话来,"可是老编修一片忠诚感天动地,即使是块石头,也要动心的。"

"也不过就是动心罢了。"老编修无可奈何地叹息着,眼窝里莹莹地又闪动着泪光。

"列强欺我中华太甚,国奸贼子又趁火打劫,难得有老编修一片爱国之心,我再不能袖手旁观了。"

"谢谢陈三年兄一片热忱,只是你我身单力薄,绿天鸡壶还是被洋人抢走了。"

"不,我把它留下了。"

说话间,不知陈三爷如何一撩长衫,魔术一般,那件光彩夺目的绿天鸡壶从天而降一般放在了八仙桌上。老编修先是眼睛一亮,立即他双手扶案站起身来,哆哆嗦嗦戴上老花镜,俯身过去仔细端详,只见他目光忽明忽暗,脸上的肌肉一紧一弛地抽搐着,嘴角剧烈地抽动一下:"哈哈哈,这是假的。"

"假的?"陈三爷一顿足跳了起来,"这是我亲手从大玻璃罩子里边偷出来的,如何会是假货?"一时慌乱,陈三爷道出了自己的家底。

老编修触电一般转回身来,伸出一个手指对着陈三爷的鼻子尖询问:"真是玻璃罩子里的那件?"

"这还错的了吗,我故意在抬玻璃罩子的伙计背后绊了一脚,趁他身子打晃,我上去扶住玻璃罩子,瞒天过海,我拿一件假壶把那件真壶换过来了。"

"真的?"老编修此时没有细琢磨陈三爷何以有这番换壶的本领,他早被眼前这件绿天鸡壶迷住了,战战兢兢,他伸手去触摸,似触摸狮子老虎,轻轻地摸一下,他立即缩回手来,这才抬眼望望陈三爷说:"若是真壶,壶体注入清水之后,便有丝竹之音微动,悠扬悦耳,且壶体上有四颗含水珠,立即闪出异彩……"

没等老编修将话说完,陈三爷早将一碗清水注入了绿天鸡壶,水碗刚刚放下,陈三爷盖上壶盖,梦境一般,绿天鸡壶里传出了动听的音响,似远山的钟声,似寺庙的磬音,听着令人心旷神怡。定睛再看壶身,果然有四颗珍珠一时比一时明亮,不多时这四颗珍珠竟发出了晶莹的光彩,光彩闪动,使整个客厅都四壁生辉。

"真品,珍品,这是真的绿天鸡壶呀!"老编修瘫软在座椅双手捂面,呜呜地哭出声来,他哭得似一个孩子,肩膀一抽,哭得那样天真。

"哦!"陈三爷长舒一口气,这才放心地说着,"是真品就好,总算没白下手。"说罢,陈三爷也咕咚一屁股坐了下来。

委屈过一阵之后,老编修这才冷静下来,此时此际他才琢磨这件绿天鸡壶何以到了自家的方桌上,眨眨眼,他似刚刚听见了一个什么难于启齿的字，还说什么瞒天过海……

"请问陈三年兄的高就。"打过几次交道，老编修一直以为这位陈三爷也是位前朝的遗老，虽说身上多一些粗俗气，斯文得又不够板眼，但也总没想到要问问他的职业。如今他竟然有能耐夺回被洋人抢走的宝物，该也到问问底细的时候了。

"贼!"陈三爷回答得干脆利落。

老编修摇了摇头，以为陈三爷没理解自己的提问："我是问老年兄在哪行恭喜？"

"做贼。"陈三爷直愣愣地作答。

"玩笑了。"老编修苦涩地笑着。

"说谎是小狗子，做贼，偷东西。"

"啊!"老编修惊呆了。瞪圆了眼睛，半天时间他才琢磨过滋味来："义侠，义侠也! 为国为民截回我国珍宝，何以曰偷。"

"我不是光偷这一回，我偷了三十来年了。"陈三爷唯恐老编修误认他不是盗贼，便使劲儿地向老编修作自我介绍。

"苛政猛于虎，逼良为娼，逼民谋反。"老编修终于想出了为陈三爷开脱的话语。

"老编修这话说得对。"陈三爷连连点头称是，"我一辈子最恨偷东西，可我做了一辈子贼，心甘情愿，本心本

意要偷的,这大半辈子只有这一次,偷完这次,我也就洗
手不干了。"

"义侠,义侠呀!"老编修肃穆威严地站起身来,双手从
帽筒上取来风帽,端端正正戴在头上,然后双手持髯,正衣
冠,舒袖,恭恭敬敬地向着陈三爷施了一个大礼。"贼仁者谓
之贼,贼义者谓之残;成仁者谓之忠,就义者谓之勇也!"老
编修摇头摆脑地吟哦起了诗文。陈三爷自是什么也没听懂,
他只是一再阻拦老编修不要给自己施礼,老编修此时已是
颠狂发疯,陈三爷越是劝阻,他越是作揖躬身地向着陈三爷
礼拜起来:"义侠呀!义侠!"

…………

"老朽不才,只是有一些疑惑,还要向义侠请教。"唏嘘
过一番之后,老编修这才向陈三爷询问高买行内的门道。

"您老人家瞅着这事太玄?"陈三爷微微含笑地反问老
编修。

"真让人百思而不得其解,凭你孤身一人,何以瞒过保
镖的八员大汉,又何以从四名伙计的手里将绿天鸡壶真品
换取出来?"老编修对陈三爷的绝技已是折服,只是他不知
其中奥妙。

"此中有老编修一半功劳。"陈三爷回答。

"我?"老编修惊讶地半张着嘴巴,伸出一根手指点着自

己的鼻子,"我动作迟缓,老眼昏花,呆痴糊涂……"

"老编修有所不知,干我们这行的,巧取时靠童子引路,强求时要有寿星搭墙。"

"何谓童子引路?"老编修对此一窍不通,便从《三字经》上问起。

童子引路嘛,并不费解,陈三爷向老编修作了解释,解释之后,陈三爷又引申说:"这寿星搭墙,可全靠天意,有寿星在前面搭墙,迎面的人冲不过来,我这里才能回身踏破八卦阵,否则就无法动手。"

"搭墙何以非要寿星不可?"老编修一生训诂考证,凡事都要问个水落石出。

"嘻,这道理还不懂吗?童子搭墙,挡不住阵势,唯有一寿星横在前面,豁出一条老命耍赖皮,无论前边的人,后边的人,谁也不敢碰这副老骨头架子。如此,我才能回头转身,这才是千载难逢呀……"

"哈哈哈哈……"老编修听罢,放声地笑了,"百无一用是书生,杨甲之一生碌碌无为,没想到终于还是显了一次身手,真是天生我才必有用啊!哈哈哈!"老编修笑得好不开心,前仰后合,两行老泪已经缓缓地流下了脸颊。

这之后,杨甲之辞别家人,隐进山林,落发做和尚去了。天津卫只传说老编修因痛心于国宝流失,从此看破红尘,再不问天下盛衰兴亡，然而此中的奥秘只有老编修和陈三爷知道。直到若干年后中国昌盛，民主共和，人们于兴修寺院时发现了老编修的一纸遗书，这才致使几乎失散的国宝重见天日。此后，这件珍品展览于博物院中，供后人世代瞻仰。

据云老编修于遗书中还谈及其为义侠陈三撰写的传略一文，只是几经查询均未见到书稿，其中或有赞颂溢美之词，可惜后人不得而知了。

陈三爷呢，从那之后也销声匿迹了。据传说公元一千九百一十五年袁世凯称帝之后，曾派下亲信到天津找他，因为德国人于翻修清华宫之后向老袁讨债，老袁一口咬定当年早以绿天鸡壶一件作抵押偿还经费，但德国人却赖账说那件绿天鸡壶不过一件儿童玩具而已，注入清水之后不仅不见音乐声响，反而哗哗地四面漏水，四颗含水珠也不过玻璃球罢了。彼中国兮，从唐朝就做假货。

查来查去，说那天在立森拍卖行坐镇的高买老头子是陈三爷，老袁想了想说，他不认得什么陈三爷，倒是记得有一个陈三，当年在他的麾下任过捕快帮办。快去天津找他，着他三日之内找回绿天鸡壶，否则以欺君之罪惩治。

出来迎见袁世凯亲信的，是陈三爷的夫人，老五姑娘。她从内室抱出一个匣子，对洪宪皇帝的钦差说，几年前陈三离家时曾嘱咐过家人，说几时官家来人，便将这只匣子交出,官家要找的物件,便在这木匣之中了。

当即,洪宪皇帝的钦差打开木匣,木匣中一方红布,红布内包着一只干瘪的断指,多年风干,至今只留下一层黑皮和几段碎骨了。

嗟乎,高买陈三,功过是非,便留待世人评说了。

圈儿酒

第一章

　　吃尽穿绝天津卫,是说天津卫的男男女女会享受,鸡鸭鱼肉,绫罗绸缎,吃出了花儿,穿出了花儿。"你喝过自来水吗?你吃过洋白面吗?你坐过磨电车吗?你住过小洋楼吗?"天津人蔑视乡下人,动不动就以这四大难题让外乡人丢丑。可是哩,也有人说天津人坐井观天,没见过世面,生在苏州,穿在杭州,吃在广州,死在柳州,你在天津卫算是哪一州?罢了,天津哪一州也不是,天津人好胡诌。胡诌者,信口开河也,吹牛,瞎编,满嘴的食火,巧舌如簧,把黑的说成白的,把圆的说成方的,颠倒黑白,指鹿为马,把活人说死,把死人说活,人称卫嘴子。其实,不是那么一回事,天津人能说,不是人人都能说,是天津人当中只有那么几个人能说,若是人人都能说,为什么这天津特别市的市长只有一位?若是人人能把别人口袋里的钱说到自己口袋里边来,为什么天津卫还有人挨饿受穷?若是真能把死人说活了,那天津郊外那么多的坟头里,莫非全埋的是外乡人?

若说天津人能说，那是指天津人无论把什么事都往好处说，把倒霉事往吉祥处说，把苦事往甜处说，把掉眼泪的事往喜庆处说，把缺德事往圆处说。口袋里没钱，天津人说是口袋瘪了，没吃上饭，天津人说是扛着刀呢；冬天过河在冰面上滑倒了，天津人说是来了个老头钻被窝；挨揍，天津人说是"叠了"；就连上茅房，天津人都不说是解大便去了，而是尊称为"做官儿"去了。

　　天津人脾气好，心胸宽，所以天津人才活得好。这倒绝不是因为天津人福气大，而是天津人会苦中作乐，天津人能在活受罪当中找出福来。下雨天屋顶漏水，难受不难受？正好，天津人在漏屋顶下边放几只盆，叮叮咚咚，听响。而且说来也有趣，凡是下雨天屋顶漏雨水的人家，保证两口子不吵架，光接雨水还忙不过来呢，谁还顾得上吵嘴？什么对不对的，有嘛事待晴了天再说。

　　随遇而安，逆来顺受，说句天津话，就是没羞没臊地活着，这就是天津人的美德。你想想，被称为是九河下梢的天津卫，为什么九条大河都荡荡漾漾地在天津卫流着，几百年畅通无阻？就是因为天津人不爱跳河，倘若天津人心胸狭窄，又脾气大，肝火旺，终日光跟自己过不去，这千把年来，九条河流至少要被死尸堵死八条，那天津卫岂不就成了鬼城？

享不尽的福,受不尽的苦,天津卫福祸相倚,苦乐相融,无论怎样活不了,也得死皮赖脸地活。活着活着,这就活出一种天津活法,套句维新词汇,就叫天津模式。往上说,天津模式无尽无休,一个人住着一幢小洋楼,养了两部小汽车,用着几十名仆人,雇着七八名私人保镖,吃的是山珍海馐里边的精华,把面和上香油搓成小面蛋喂鱼,将鱼养肥了剁成肉泥喂螃蟹,将螃蟹喂大了再泡在鸡蛋清里,最后将螃蟹肉剥出来放在童子鸡的肚子里去蒸,然后再将童子鸡的鸡肉去喂猫,只用那一碗鸡汤煮鹦鹉舌头吃,这道菜还有个名号,宴席上叫作"八辈缺德汤"。吃过吗?爷们儿。

那么,往下呢?往下就没得说了,顶不济沿街乞讨,卖儿卖女,投河上吊,铤而走险,这些都是不想活的活法,既没法活,又要活,还得活得过去,活得开心,活得有味儿,此中天津人才有了种种创造。

创造之一,叫作"吹喇叭"。

创造之二,叫作喝圈儿酒。

喇叭,中国喇叭叫唢呐,外国喇叭叫洋号,中国人婚丧嫁娶都要有人吹喇叭,或喜或悲都要吹成调调,感动得天下人与你共享此时;而洋鼓洋号,天津人也都有见识,基督教救世军,每到礼拜六晚上便在救世军门外有一番演奏,招引来许多人听牧师讲人是上帝捏出来的故事,近来有黑人牙膏作广告，一队穿红衣红裤的人敲着洋鼓吹着洋号沿街而行，后面一辆汽车上站着一个全身涂上黑油彩的姐儿，举着个牙刷不停地在刷牙，在刷牙的姐儿身后立着一个大牙膏筒，上面写着四个大字：黑人牙膏。

不对，以上所说的土喇叭、洋喇叭，原只是一种乐器，那是用来吹歌吹调的，嘀嘀嗒，嗒嗒嘀，有板有眼，有腔有调，煞是好听。但是，天津人说的吹喇叭，那是一种吃饭的办法，或者叫作进餐方式，吃起饭来就和吹喇叭相似。

何以天津卫有人吃饭和吹喇叭一样呢？此中有许多原因，先谈这喇叭是如何一种吹法：大饼一张，直径二尺，铺在地上能坐一个大胖子，睡觉时压在身上活赛半床棉被，净重干面粉二斤，烙成大饼是二斤六两。将大饼展开、铺平，将一斤五香酱牛肉放在当中，卷成一个长筒形，长一尺半，一把粗，双手将大饼卷牛肉的大长筒举起，一口一口地咬着吃，而且至关重要，是要走在路上吃，不能坐着吃，不能立着吃，只能走着吃，你道这是吹喇叭不是？

为什么要以这种方式吃饭？别问，停不下来。压根儿就没有吃饭的时间，虽说让你活在世上，可是没给你把吃饭的时间打算出来，说是个吃饭的人，其实只是干活的牲口。大骡子大马上料还得停下车来呢，还得把草切了，拌上黑豆，放在个大木槽子里，由牲口喀嚓喀嚓地嚼，人怎么就连牲口都不如？别呕气，觉着不划算跳河去，大河没有盖儿，九条大河在市里流着呢，方便得很。人世间就是这么个编排，有身份的人坐着吃饭，没身份的站着吃饭。笔者少时读师范学校，回家禀告祖父大人在学校八个人围站在大桌四周立着吃饭，当即便气得祖父大人大骂岂有此理，"当年我们在南开学堂和张伯苓先生用饭时，只要有一个米粒没咽下肚里，那也是不能站起身来的。一面走路，一面嚼饭，岂不成了脚行？"对了，走在路上吃饭，或者叫作走在路上吹喇叭，正是脚行。肩上套着绳襻儿，身后拉着大地板车，人称是地牛子，地牛子上边十几吨的大家伙，走起来停不下，停下来便再也拉不动。"爷儿几个，该吹喇叭了！"就这么着，一个人一根大喇叭就支上了，一根大喇叭吹完，一里多地的路程走过来了。停下地牛子围坐在餐桌四周吃饭，四个菜一个汤，还有人照应，有那份造化吗？

伙友们都吹喇叭，陈天成不能吹。陈天成是工头，他得领着大伙唱号子。现如今租界地正在大兴土木，中国地三条石大街的几百家手工作坊也正在从日本国买旋床、刨床和捣子机，随便一件活就十多吨重，十个伙友拉着地牛子，一个人的肩膀上两千多斤重量，没个人领头唱号子，一步也走不动，自从盘古开天地，脚行伙友就没干过哑巴活。都传说早以先皇帝老子驾崩时要穿戴国孝，举丧九十九天不许百姓寻欢作乐,梨园行要封台,逼得谭鑫培去卖馄饨,但是只有一种人可以随心所欲地引吭高歌,那就是领着众人唱号子的脚行工头,爱唱嘛唱嘛,爱怎么唱就怎么唱,官家绝对不管。当然,脚行伙友唱号子不算娱乐,不似后来那样被圣贤视为是民间文艺,而且还有了什么思想性、艺术性。脚行工头唱的号子没一句正经话,从来没听过哪个脚行工头唱号子宣传世界大同,倘若这治国的道理要由脚行工头去唱,中国还要那么多人读书有什么用?"拉地牛呀,大老爷们儿的事呀,大老爷们儿干呀,大老娘们儿看呀!两相好,怀里拐呀,一个对一个呀,喘大气呀!"你说说这里边有多少文艺?陈天成唱号子,不唱大姑娘,不唱小媳妇,不编骚词,不出骚调,陈天成老爹在世时调教过他,干脚行,力气不值钱,人值钱,天天在街面上走,堂堂正正要是条汉子;所以陈天成唱号子虽说没有正经话,可也没有污言秽语。他触景生情,出口成章,一唱就是十几里路。"干脚行呀,也不赖呀,亲娘不疼呀,舅娘不爱呀,钻被窝呀,媳妇踹呀,养了个儿子呀,丑八怪呀!"听陈天成唱号子,就是提精神儿。笔者幼年上学,一日早晨去学校路上正遇见陈天成领着脚行伙友拉地牛车运货,十个伙友在前面,陈天成唱一句,大家伙应一声"嘿哟个来呀",一句一句听得煞是有趣。也怪陈天成唱得诱人,不知不觉间笔者便随在地牛车后边走下去了,一直走出了十几里地,待陈天成和他的伙友们停下地牛车来时,天时已到黄昏了。幸亏笔者少慧,十二岁的孩童虽不认得路,居然还知道家住在什么街什么里什么胡同多少号,待陈天成将笔者送回家来的时候,家中老老少少正乱作一团地为寻找我而八方询问呢。为此,那晚上,先祖父大人赏了陈天成四元银洋,随后紫竹巷警察署署长因没有亲自寻到笔者,还专门来我家向先祖父大人谢罪,并再三央求先祖父大人切莫将他的上司传来责问,他一家老小还靠他一个人在紫竹巷一带刮地皮养活哩。幸亏先祖父大人宽厚,"算了算了!"扬手赦免了警察署长的失职,然后,这才对警察署长吩咐着说:"回去,你要对各个岗楼有个知会,今后再见我家孙孙们穿街而行,应该及早禀报,我膝下的这八个孙孙,你们还不认得吗?谁不认得,就扒下他那张虎皮。"天爷,这就是天津卫。

那么,天津卫这些以吹喇叭的方式用餐的爷们儿们,又是如何喝酒呢?

喝酒,倒是有走着喝的,武侠小说中描写的济世道人,便人人肩上挎一个酒葫芦,走几步喝一口,直喝得醉醺醺辨不清东西南北,识不出美丑善恶,这才糊里糊涂将冤家的美女和仇人的才子拉在一起,生米煮成熟饭,然后他再为护卫这金玉良缘将世间杀得血流成河。干脚行,不能走着喝酒,一面拉襻儿,一面喝酒,喝醉了你说往东我说去西,工头再醉得颠三倒四,那可真要砸了自家饭碗了。那么,走路吃饭的脚行们,喝酒总该有个坐处了吧？正是,于是这才有了喝圈儿酒的讲究。

说到喝圈儿酒,那才是人世间最最其乐无穷的饮酒方式,没有这份造化的,莫说是喝,那是连看的资格都没有的。陈天成在包工大柜上包下营生领着伙友们拉地牛车的时候,满天津卫喝圈儿酒的爷们儿,多不过十几伙,每伙也只有十几个人,当然全都是干力气活的脚行。到后来,人世间发生了一场翻天覆地的变化,连出身于诗书人家的笔者本人也有幸跟着喝了几年圈儿酒,那份乐儿,那才是终生难忘。

喝圈儿酒,第一要选好地点,饭店不行,餐厅不行,酒楼不行,得在个豁亮地方,头顶青天,脚踩大地,那才是咱爷们儿喝圈儿酒的地方。这地方一要向阳,二要避风,夏天得有微风吹着,冬天得有暖日晒着,喝得满头大汗时不能被风吹着,喝到热血沸腾时得有个伸胳膊伸腿的地方,你说说天津卫这里是楼那里是厦,这地方该是多么难找？喝圈儿酒的第二桩要事是定准时间,脚行们拉车"来者",带住,这里又是一个关节,本来应该说是拉车上路,上路不吉祥,人死之后鬼魂西行,过了酆都城直奔西方而去,那才叫上路呢,脚行头招呼伙友们上路,用两个字:"来者"。什么时辰开始"来者？"上午九点半，太早了，风硬，光膀子干活要得病；太晚了，一趟活二几十里路程，下晌三点以前送不到地方，脚行们愿意掌灯，主家出不起工钱，而且天津脚行干活掌灯早，即使是三伏天，只要一到下午四点，早早地便将提灯点着了，而且提灯一亮，一个工拿两个工的工钱，既然早晨九点半伙友们拉车来者，那么来者之前大家要有个地方集合，天津话叫作是"打碰头"，这打碰头时间就在早晨九点，九点至九点半之间，喝圈儿酒，喝足了酒，才有精神"来者"。于是，看十几条汉子聚在一起，找个豁亮的地方围成一个大圈儿，席地而坐，每人屁股下面垫一块砖头，瘦巴人将砖头平放，大肚子便将砖头立起来，然后各人从饭兜子里掏出自己带来的酒菜，日月好的，一包猪头肉，日月差的，十几条小酥鱼，再往下，十几颗花生米，一根萝卜条，直到一头大蒜，半截葱，一块黄瓜头。多穷都不寒碜，不穷，谁出来干脚行？酒，则是每人一份凑钱去买，一瓶老白干，陈天成带领伙友们喝圈儿酒的时候天津还很少见有瓶装的白酒。大直沽有个烧锅，每天往各个酒铺送酒，酒铺将酒盛在大坛子里，卖的时候用提子提，一两、二两、四两、半斤，那时候一斤十六两。喝圈儿酒的伙友有自己常备的瓶子，派个徒弟去酒铺买一瓶，工头开始，"嘴对嘴"地喝一口，工头喝一口之后挨个儿依次往下传，转着圈儿地喝，这就叫喝圈儿酒。

喝圈儿酒，没规矩，有板眼，都得实实在在，轮到你的时候，大大方方举起瓶子来喝一口，谁要装斯文，推推让让，只抿一下，谦让，伙友们骂你瞧不起人，还有难听的词，不能往书里写，反正这类文化不是靠文字传下来的，而且绝不会断代。馋酒、闷头喝大口，含在嘴里，先咽下一半，剩一半慢慢往肚里吸，不够义气，明日喝圈儿酒的时候将你挤到最后一个，瓶子转到你手里，望天，一滴不剩。

规规矩矩地喝，一瓶酒转两圈儿，大体上一刻钟，酒不尽兴，爷儿几个还富裕，再凑份子去买一瓶，喝第二圈儿，这样，一天的酒就喝了一大半，晚上收工，各人回各人的家，爱喝多少喝多少。所以，喝圈儿酒不敬不让不划拳，当然嘴巴不闲着，胡说八道，街谈巷议，山南海北，天下奇闻，除了朝政之外什么事都议，除了军警宪政之外什么人都骂，话赶话说得戗了火，两不含糊，说打就打说骂就骂，再不服站出来，众人面前摔一跤，给你来个扫堂腿背口袋，不服，要一套八卦拳铁砂掌给你瞧瞧，无论谁胜谁负，哈哈一笑，陈天成一招呼"来者"，清一色，全是臭苦力。

陈天成既然领着伙友们唱号子，又召集伙友们喝圈儿酒，想来他必是把头无疑了。没错儿，就是个小把头，工头嘛，在十几个人之中作头儿，还能不是把头吗？当然陈天成上边有大把头，大把头立着包工大柜，工商字号有什么活要包给包工大柜,包工大柜再把活包给小把头。小把头直接找工商字号包活行不行?不行。他没有那么大的金刚钻,地牛车过马路,谁出养路费?伙友们过十字路口,谁给你看红绿灯?警察没买通,偏给你红灯,无论多重的活,你得给我停下;绿灯一亮,赶紧来者,地牛车才到了路口当中,红灯又亮,罚钱是小事,弄不好拿皮带抽你。再说工商字号把活包给小把头,出了差错没人赔偿。一台机器十几万,好不容易从日本国买来,过万国老铁桥时栽到河里了,找谁?所以,多年来约定俗成,脚行就有了这么多的规矩。

陈天成身为小把头,那一定是凶暴残忍无恶不作的坏人了,革命之后所有的教科书里都写着,封建把头是"旧社会勾结地方官府,依靠封建势力,把持一方或某一行业,专以剥削工人为生的人。如搬运行业的把头、包工头、帮头、脚行头"等等等等,陈天成,自然也不例外。把头嘛,全都是张口便骂,动手便打的人,陈天成自然更是如此。陈天成爱骂人,清晨起来见了谁骂谁,骂媳妇,骂儿子,买菜骂小贩,挑水骂大河。九点钟伙友一个个来到碰头处,他更是见一个骂一个:"夜儿个那根晃绳你是怎么给我保的?要不是我眼尖,拐弯时倒下来还不得砸死几口子?呸!"往下便骂起来了,越骂越难听。不过呢,陈天成不光骂伙友,他还骂自己,伙友们怀疑大把头单独有他一份"好处",他指天发誓:"我要是多拿一分钱,我是你们大家伙'揍'的!"接着是之乎者也,满嘴的斯文。说打人,陈天成只打一个人,他的徒弟、小脚行刘家宝,动不动就是一个大脖溜儿,"全是十几吨的大物件,你给我这样吊儿郎当地对付,不打你打谁?"对伙友,陈天成不敢打,连手指头都不敢碰一下,你想呀,干脚行的人是好惹的吗?全都是虎背熊腰的汉子,你打他,他不打你?除非有条文规定不许还手,否则谁也不会光挨揍。而且最最主要的一桩事,革命以后的教科书里没有写,干脚行,总是伙友揍工头,很少有工头揍伙友的事。

干脚行,不写卖身契,顺心就干,不顺心就不干,一个帮伙十几个人,你来我去,除了自己的徒弟,没有几个人能有三年的缘分,两句话说戗,摔耙子,不侍候了,滚你娘蛋的去吧。做工头的最害怕帮伙里十几位伙友一块儿翻儿脸,大家伙串通好一块儿给他来个"炸伙",这一炸,便把个工头"炸"得鼻青脸肿,弄不好还得搭上几根肋条。而且,做工头的挨"炸"不能声张,只能吃哑巴亏,世面上要是知道这位爷让伙友们给"炸"了,日后谁还跟你干活呀?人缘儿没了。您说,是不是这个理儿?

这二年,陈天成和他的伙友们喝圈儿酒的地方,一直是在老地道邮政局门外的墙脚下边。老地道邮政局坐西朝东,上午九点,正是阳光充足的时候,而且老地道邮政局附近没有大字号,什么绸缎庄皮货店,什么瑞蚨祥谦祥益,都在天津卫的热闹地方,在这儿喝圈儿酒,不惹人讨厌。围在大字号门外喝圈儿酒,人家也不撵你,只是派出伙计来清扫道路,先洒水后扫地,尘土飞扬,明明是往远处开你。瞧不起人?商号本来就瞧不起脚行,你敢把人家怎么样?何况陈天成和他的伙友们喝圈儿酒的时候,中国人的脾气还没有那么大,人人全是该低头且低头,当吃亏时便吃亏,只能找个离大字号远点儿的地方去喝圈儿酒。在警察老爷眼皮子底下也不行,喝圈儿酒的伙友们自知道低人一等,围坐在一个大圈儿喝酒总怕有碍市容观瞻,时不时地就往岗楼子那儿张望,望着望着警察老爷就过来了,"瞧嘛?滚!"说着抬起脚来,便将北洋政府给他穿在脚上的那双新靴子连底儿一起冲着你亮出来了,你道怕人不怕人?

而且,陈天成和他的伙友们选在老地道邮政局门外喝圈儿酒,还有一个便利,那就是邮政局不远处有一个小酒铺,头圈儿酒喝下来,派小脚行刘家宝去买酒,紧跑几步,多不过几分钟,便当。而且更更便利的一点,是老地道邮政局门外有一个字摊儿,一位老学究支一张桌子在那里,代写书信。每天早起喝完圈儿酒,陈天成招呼大家"来者",众人扒拉扒拉屁股站起来,空酒瓶,就送到那位老学究那里,请老人代为保管,第二天伙友们凑齐了,喝圈儿酒,小脚行刘家宝再到字摊上将空酒瓶子取来。

这位在邮政局门外摆字摊代写书信的老学究，名字叫朱观澜。

朱观澜先生，大约是六十岁的年纪，人精瘦，身上穿的长衫洗得极干净，可惜胳膊肘上缝着补丁，和中国所有的读书人一样，神情阴郁，目光有些呆滞，活在世上就欠着三分理，从来就没有尝过扬眉吐气的滋味。据搬运脚行几位伙友观察，朱先生的小字摊生意并不兴隆，很少见有人来找他代写书信，也不知朱先生在邮政局门外坐一天，到底能不能赚到吃喝。本来，邮政局门外也有几个小摆摊，一个老太婆卖花生瓜子儿，一个汉子卖煎饼馃子，还偶尔有人来卖布头袜子，但无论这些小生意人之间如何说说笑笑，朱观澜先生却是从不参言，冷冷清清地坐在小写字方桌后边，戴着一副老花镜，头也不抬地看古书。脚行伙友们弄不明白朱先生看的是什么书，只看见那书上木刻的字体很大，大方字下边还有小方字，书页上还处处画着朱砂圈。朱先生的字写得极好，有人看见朱先生为人代写书信的严肃神态，研墨、润笔，一行一行，毛笔字写得很是漂亮；除了代写书信之外，朱先生还代写喜寿字，好大一张红纸，双喜字写得苍劲有力；每到春节，朱先生还卖对联，这时的生意极好，朱先生的脸上才有了一丝笑容。

陈天成一伙人和朱先生本来不是一路人,一位穷书生,一群脚行,风马牛不相及;但朱先生在邮局门外摆字摊,脚行们在不远处喝圈儿酒,一来二去,自然有了来往。

最先发现朱先生往脚行这边偷看的人,是小脚行刘家宝。有一天伙友们又围在一起喝圈儿酒,突然小脚行刘家宝将手掌拢住嘴巴,悄声地对众人说:"你们瞧,圣人冲着咱们飞眼儿呢。"众人应声望去,果然,朱观澜坐在字摊后边,手里虽然端着书,但目光却从书本上滑过来,越过老花镜的眼镜框,往脚行这边睨视。

"他瞧咱干嘛呢?"伙友中有一个叫杨得水的汉子不解地问。

"馋酒。"刘家宝眨眨眼睛回答。

果然如此,这位朱先生虽然坐在远处,但是眼睛却在暗中盯着伙友们手中的酒瓶,无论是酒瓶轮到谁的手里,他的眉毛都动一下,伙友扬脖喝一口酒,他远远地顺一下舌头,发出微微的一声响声,然后喉头蠕动一下,似是那口酒咽进了他自己的肚里。

"唉!"陈天成有同情心,不由得叹息了一声,"这年月就是这种人受穷挨饿,做官没有门路,带兵没有胆子,做生意没有本钱,拉车没有力气,讨饭又舍不得面子。"

"少管闲事吧,陈头。"杨得水举起酒瓶子狠狠地喝了一口,说着,"你可怜别人,谁可怜你呀?汗珠子掉地上摔八瓣,一天不出来挣,一家老小就要扛刀,谁拿咱爷们儿当人呀?赖在世上活着,靠的就是没羞没臊,依我看,这位圣人也那么回事,人家好歹念过几天书的,全做官就职去了,顶不济也能教教书,管个账,他嘛也没干上,挨饿,也不冤。"

"你怎么就知道人家做不上官?你没听说过古时候的圣人宁肯饿死在山里,也不出来做官吗?这叫嘛来着?我说不好那两个字,就跟娘们儿一样,宁肯饿死,也不能……"

"你怎么把圣人和娘们儿一块儿比呢?"杨得水抢着手里的酱猪耳朵和陈天成抬杠,"娘们儿是娘们儿,圣人是圣人,娘们儿在家里养活孩子,有爷们儿出来拉地牛子挣钱养活。圣人自己就是爷们儿,念书能挣钱吗?你不能把念书跟拉地牛子车比呀,拉起地牛子车,来者,大锅炉从唐家口运到南大道去了。你坐在那儿念一天书,连个板凳儿都挪不了地方。没生下来那份念书的造化,你就别跟着穷配,早打主意,学生意学手艺,嘛也学不成就拉地牛子车干脚行,有把子力气就饿不着。小脚行,你小子可是喝大口,半瓶子下肚里了,太黑了。"

说着说着,杨得水和小脚行对骂起来了,小脚行坚决不承认自己喝大口:"我要是喝了大口,我是大闺女养的。"杨得水一口咬定小脚行喝了大口:"我要是冤枉你,让我长疠。"越骂越难听，到最后就上了污言秽语了。

"二位同乡在上，老朽朱观澜给你们作揖了。"小脚行和杨得水两个人骂得正欢，几位伙友嘻嘻哈哈笑得正热闹，不知不觉之间，字摊上的朱观澜已经悄悄走了过来，向着小脚行和杨得水深深地行了一个大礼。

众人一下子怔住了，大家你瞅瞅我，我瞅瞅你，闹不明白朱观澜何以会过来劝架。

"圣人，别理他们。"陈天成一旁说话了，"两人全是狗食，臭嘴不臭心。"

"话虽是这样讲，但终究这邮政局门外也是大庭广众之下，你们看，不远处小酒铺经营卖酒的是父女二人，那女子二十几岁，尚未婚配，我们身为七尺须眉，如此口出不逊，恕老朽多言，君子自重自爱。况且，忍一忍风平浪静，退一步海阔天空，这普天之下有什么要争要斗？还是要以礼相待。"

"哎哟圣人，您老可太拿我当人了。"说着，小脚行走了过来，"我们这伙人，打架骂街是常事，闹完就完，不像你们念书人那样。什么对不对的，不记仇。"

"可敬可佩。"朱观澜冲着刘家宝又作了一个大揖，"我倒不担心你们之间伤不伤感情，老朽只是以为，这街上人多混杂，且有读书郎来来往往，一些不该出口的话，万万不可让孩子听见，人之初者，性本善也。"

"得了圣人,你别教训人来了,该怎么活着,我们自己知道。"说着,小脚行一挥手,摇晃着肩膀走开了。

"来者呀!"突然间,陈天成一声吆喝,该出工了,众人这才纷纷站起身来,低头操起了系在地牛车上的绳襻儿。

"你们瞧!"就在十几位伙友将绳襻儿套在肩上的时候,陈天成又是一转身,他正好看见伙友们刚才喝圈儿酒的地方,朱观澜先生正弯腰将伙友们坐过的砖头一块块搬到墙角处,又从字摊旁取来一把扫帚,一扫帚一扫帚地清扫伙友们扔下的垃圾呢。

"噢,难怪。"小脚行刘家宝似是想通了一桩什么事情,"我还琢磨,咱们天天在这儿喝圈儿酒,喝完圈儿酒站起来扒拉扒拉屁股来者了,是谁在这儿给咱们收拾呢?邮政局也是半个官面儿,他怎么就容咱们这么糟蹋呢?"

众人再不说话了,粗人粗心,这一连一年多的日子,就没有人想过这件事,要不是人家先生每日清扫,邮政局早就该下逐客令了。

"来者呀,走起来呀!"陈天成一声喝喊,他带领伙友们唱起了号子,"人生不识字呀,一个大粗人呀,骂街又打架呀,从小就犯混呀,还是念书好呀,做事知斯文呀,劝人知羞耻呀,出息好儿孙呀!怀里拐呀,一个对一个呀,喘大气呀,左大襟呀,猴子穿马褂呀,唱大戏呀,三只眼呀,二郎神呀……"乱七八糟,语无伦次,陈天成领着伙友们一路唱着走远了。

第二天,又是早上九点,伙友们到齐,小脚行去小酒铺买来一斤白酒,众人围坐成一圈儿。陈天成走到字摊儿前,把朱观澜请了过来。当然,圣人不能坐砖头,陈天成连朱先生字摊后边的凳子,一起搬了过来。

"圣人圣人,您老请坐。"陈天成再三敬让,朱观澜才肯坐下,只是朱观澜坐在凳子上,众人坐在砖头上,众人的脑袋刚齐到朱观澜的膝盖处,朱观澜和众人说话,还要低头。

"圣人圣人,我们这些人高攀了。"待朱观澜坐好,陈天成这才昂头向朱观澜说起话来,"我们也知道我们这些粗人和您坐在一处不合适,可是直到昨天我们才亲眼看见这一年原来是您老为我们收拾打扫,这可真是要谢谢您才是呀!"

"这有什么好谢的呀?"朱观澜摇着手回答,"这又不是为你们打扫,我是为自己打扫的呀,大家伙把邮政局门外弄得一塌糊涂,逼得邮政局出来把大家一起撵走,我又去哪里摆字摊?"

"这也是您老成全我们。"陈天成说着。

"人在屋檐下,不能不低头呀!"朱观澜万般感慨地说着,"我朱观澜肩不能挑担,手不能提篮,且又身无一技之长,还不肯随波逐流,所以才落魄到这般田地,各位同乡面前,实在是惭愧了。"

"圣人,要是从祖辈上就受穷,您老怎么会念这么多年书,有这么大学问呢?"小脚行刘家宝好奇地问着。

"唉,往事如烟,不提了吧。"朱观澜显然是有难言之隐,含混其辞地便将刘家宝的疑惑搪塞过去,"五十年前,先父大人在世时,家道倒也还兴盛,只是几位手足弟兄不知上进,没多久时光,便将家势败落得不可收拾。谁料败家的反而发迹了,他等于挥金如土这时结交下了许多贵胄子弟,天下大乱,各路英豪蜂起,他们之中这个称霸那个称王,连后辈都为相的为相、行伍的行伍,吃光了祖宗再去吃百姓。我呢?他几个荒唐之时,我埋头读书,书还没有读出名堂,家已经败了,你让我如何立足于人世?说是瘦死的骆驼比羊肥吧,可是坐吃山空,已经四十年了呀!"

酒瓶子转了半圈儿,转到了杨得水的手里,杨得水举起酒瓶来,扬脖儿,美美地喝了一口,"咂"的一声响,却见朱观澜不由自主地吮了一下嘴唇,众人明明看见朱观澜的喉头蠕动了一下,只是他自己忙着侧过脸去,用力地咳嗽一声,这才遮掩了馋酒的丑态。

"圣人,"杨得水喝完酒,将酒瓶子传给下一个人,又往嘴里放了一颗花生米,这才又和朱观澜搭讪,"凭您老人家过去的财势,名门大户里难道就没有几个混出模样来的朋友?"

如何没有呢?"朱观澜掏出手帕试试嘴唇回答说,"在几位同乡面前,朱观澜放几句狂言,在我的昔日同窗之中,还很有几个了不得的人物呢。"

"那干嘛不去找他们?好歹谋个差事,不也比摆字摊强吗?"倒是陈天成替圣人着急,恨不能给圣人找一条活路。

"寄人篱下的事,我是不做的。"朱观澜心地平和地说着,"人家或从政或经商,如今成了显赫一方的人物,我一副寒酸相去见人家,双方都不方便。倘他嫌弃我衣衫褴褛,出入于他的官邸公馆有失体面,即使是无意中的一点儿怠慢,我也会勃然大怒。市井小民羞辱我,我与他们不一般见识。尔等居然也在我面前傲慢无礼,我岂能忍让?"

"圣人,您老别说了,我也明白了,您老是茅房的砖头,又臭又硬。"小脚行刘家宝不知深浅,张口便冲着圣人甩粗话。

"啪"的一声,陈天成在刘家宝后脑勺上打了一巴掌,"混账!你怎么能这么说话?"

"哈哈哈!"谁料,朱观澜不但没恼怒,反而开心地笑了,"硬则硬矣,只是未必就臭。"抖一抖袖子,朱观澜又说了起来,"朱观澜不才,半生潦倒,沦落到摆字摊的窘状,但是坐在邮政局门外,卖字为生,无论是哪位高亲贵友走来,我都敢拱手寒暄，君子固穷，再穷我也不失体面。昔日同窗之中有发迹者某兄，青云直上，官居某联军司令幕僚，但前二年我在路上与他邂逅，你猜如何？他竟羞愧得把脑袋缩在了衣服领子里面，就这样我还破口大骂，邦有道，贫且贱焉，耻也；邦无道，富且贵焉，耻也！"

"哎哟，圣人，您老可是太拿我们当人看了。"陈天成刚喝完酒，正在抬手抹嘴唇，朱观澜的一番之乎者也，险些没逗得他把酒喷出来，"您老说的这层意思，我明白，换句老百姓的话，就叫耿直。我们老本家三大爷干官面儿，总跟我老爹提：'有嘛事局子找我去。'我老爹就跟我说：'干脚行，不能仰仗官面的权势，凭着有个横亲戚抢口儿，把别人的地面霸占过来，一赶上改朝换代，人家租界地念佛去了，你又给晾在了岸上，仇人们找上门来，不灭了你的门才怪。'"

"行呀，陈头还有这么阔的亲戚。"杨得水酸溜溜地起哄，故意臊陈天成。

"这还没跟你亮船底呢。"陈天成更是毫不含糊地夸海口，"姓陈的，打听打听，陈玄礼，听说过吗？陈子昂，知道吗？陈涉、陈寿，到了现如今孙中山大总统门下有个陈少白，知道是谁的老本家吗？"

"我就知道有个陈世美，让包老黑铡了。"杨得水偏揭陈天成的家底，哈哈哈哈，逗得众人一片哄笑。

"来者呀!"陈天成在众人的笑声中站起身来,一声吆喝,这一场饮酒说笑,就这样结束了,伙友们奔向地牛车去拉襻儿,朱观澜还是任劳任怨地为众人收拾打扫。

…………

伙友们说:"圣人这么好,总得想个办法表示表示谢意才是。"有人说:"索性把圣人请过来一起喝圈儿酒,看着老学究喝不上酒又馋酒的样子实在可怜。"陈天成说:"不行,圣人再穷也是圣人,他宁肯馋酒馋死,也不会过来和你一起喝圈儿酒,不信你就去请,圣人不唾你才怪呢。"又有人说:"索性大伙凑钱给圣人买一瓶酒送去。"陈天成说:"你这明明是故意寒碜人,凭嘛人家圣人要收下你送的这瓶酒?""因为圣人替咱们收拾打扫喝圈儿酒的场子。""这不是把圣人当成扫地工了吗?"小脚行说:"干脆咱找圣人代写书信,写完信总得给钱吧?可是请圣人替咱写嘛呢?写'父母亲大人膝下敬禀者,儿在天津卫拉地牛',这不是存心跟圣人找乐吗?"

到底是陈天成比大伙多吃了几年盐,最后他想出的一条妙计,众人都说好。

第二天伙友们喝圈儿酒的时候,朱观澜字摊上正有生意,一个女人抱着个孩子一把鼻涕一把泪地向朱观澜诉说,公公死了,掩骨会舍了一口薄材,劳烦街坊们拉到乱葬岗子埋了,大兄弟卖兵走了:听说开拔到蚌埠,大小子六岁了,天天拾煤核儿,家里就不用买煤了,她自己糊火柴盒,一天累死累活也就是挣上一角钱,将就买半斤棒子面拢粥喝,"孩的爹呀,好歹手头有点儿钱,块儿八角的你可托人往家捎呀!"那女人说一句,朱观澜写一句,女人说完了,信也写好了。最后,朱观澜取出信皮,问那女人往哪儿寄,那女人呆了,"前二年说是下了山东,头一回从青岛捎回来10元钱,第二回从兖州捎回来20元,半年前又让人捎回来10元,说是卖工修铁路去了,谁知道如今铁路修到了哪儿?"朱观澜已经是老泪纵横了,他将写好的信折好,又放在空信皮里,然后抽抽鼻子安慰那个女子说:"这位大嫂,信先放在里面,几时打听到你家男人的准地址,你再来找我,今天这润资,连这信纸、信皮,我是一文不收了。"

唉,女人痛不欲生的呜呜哭声,使伙友们喝圈儿酒的兴致荡然全无了。早早地陈天成喊了一声"来者",众人无精打采地向地牛车走去,喝圈儿酒的地方剩下了小脚行刘家宝,他提着酒瓶子走到了朱观澜的字摊旁边。

"圣人,托付您老一件事。"小脚行刘家宝将酒瓶子放在字摊上,又将1元5角钞票压在了酒瓶下边,"今儿个,大伙儿没心思喝了,酒瓶子放在您这儿,明日早上,酒铺开门,您老替我们买一斤酒。"说完,刘家宝还提起酒瓶来在桌上戳了戳,然后这才转身走去。

刘家宝放在桌上的酒瓶里,还盛着少半瓶白酒。这就是陈天成出的主意,请圣人过来喝圈儿酒,他不肯,送他一瓶子酒,他不收,最好的办法就是隔三截五的,给圣人留半瓶酒,还拜托他明日早晨替大伙儿再买一斤,给圣人留点儿面子,这半瓶酒尽管带回家去享用。

为了陈天成的这条妙计,伙友们今天格外高兴,干起活来也更卖力气,陈天成唱的号子,也比平日花哨:"树有皮呀,人有脸呀,顶天立地呀,男子汉呀!腰板硬啊,腿不软呀,钉是钉呀,板是板呀!一对一个呀,喘大气呀!过岗楼呀,快送钱呀。"吭晴吭晴,大家唱着,威武雄壮,一步一步地走下去了。

第二天早晨,伙友们会集在邮政局门外,屁股底下垫好砖头坐成一个圈儿,小脚行从朱观澜的字摊上拿过来一瓶酒。

"陈师傅,你的主意真灵。"刘家宝向陈天成举着酒瓶子,眨眨眼睛说道,"一斤酒。"

果不其然,满满的一瓶酒,正是一斤。"陈师傅,还是你开头。"伙友们一齐推让,陈天成抓着酒瓶子,坦坦然然地喝了一口。

一个一个往下轮,正好转两圈儿,一瓶酒喝完了,刘家宝伸手向众人敛钱，每人一份，又凑够了一斤酒钱，提起空酒瓶，小脚行径直向小酒铺走去。

"你来，小师傅。"小脚行没有走出多远，突然朱观澜在背后挥手唤他，刘家宝转回身来，疑疑惑惑地向字摊走过去。

待到刘家宝走到小字摊旁边，朱观澜这才伏身从字摊下边取出来一只杯子，杯子上面封着一张白纸，一股酒味，正从杯里飘出来。

"昨天，那位妇人哭得我心乱如麻，回到家里我才看见，你交给我的酒瓶里还剩着半瓶酒。我想，既然你们要我今天买一斤酒，我就不能再对着昨日剩的酒买，那昨天剩下的酒，我就替你们存在这只杯子里边了。"

刘家宝一时不知该说什么话好，他只得双手哆哆嗦嗦地从朱观澜手中接过那只盛酒的杯子，转过身来向自己的伙友中间走去。

"哎，圣人呀！"坐在人圈儿中的陈天成早看见了这一切，这时他起身向刘家宝迎了过来，站在离字摊不远的地方，他越过刘家宝的肩膀对朱观澜说，"圣人呀，就在这不是人的年月里，您老一个人活得这么干净，干嘛呀！"

朱观澜没有点头，似是什么也没有听见，恰在这时来了一位老人求朱观澜给他儿子写信，这次朱观澜有了经验，他先问老人知不知道儿子的住址。老人一笑，大声地对朱观澜说:"作爹的,能不知道儿子在哪儿住吗?您老先写信皮。"接着,老人将儿子的地址告诉了朱观澜,什么省什么市什么街什么里多少号,某某某收。

若只是偶尔为伙友们买一次酒,脚行们和朱观澜的交情还不会那么深,谁料后来发生了几桩邪乎事,从此情况出现变化,朱观澜不仅每天要替脚行伙友们买酒,他还真成了脚行们的伙友,相互之间成了莫逆。

头一桩事发生得太突然,使朱观澜和伙友们都为之瞠目,一时之间都慌了手脚。

前边已经说过,陈天成和他的伙友们所以选中老地道邮政局门外这处地方喝圈儿酒,除了种种的关系之外,更主要的原因,是离邮政局百步之远有一个小酒馆,小酒馆就是小酒馆,没有字号,门外挂个幌子,幌子上写着一个斗大的"酒"字,幌子下边坠着一条红绸布,既是字号,又是招牌。经营这家小酒馆的是父女二人,老掌柜年岁也不算大,管理着钱柜,照料着进货出货,老掌柜的女儿只有二十岁,名字叫秀琴,就在柜台上卖酒。

事前也没有人想过小脚行刘家宝会对小酒馆的秀琴姑娘暗中有了打算,反正人们只觉着小脚行顶愿意干的活,便是去小酒馆买酒,有时候头两圈儿喝完了,小脚行提着空酒瓶风一般地跑进小酒馆,伙友们要等好长好长时间,才会将小脚行从小酒馆里等出来，至于小脚行在小酒馆里和老掌柜和秀琴女子搭讪些什么话，从来就没有人追问过。

这一天，又和往常一样，伙友们围坐一起说说笑笑地喝完了头一瓶酒，小脚行提着空酒瓶又进了小酒馆，伙友们左等不见小脚行出来，右等不见脚行出来，有人自然就有些着急。有人猜准是小脚行在小酒馆里偷着喝好酒了，还有人猜是小脚行带了点儿什么好酒菜，喝圈儿酒时当着伙友们的面不愿拿出来，这时便一个人避到小酒馆去独吞，你猜这我猜那，伙友们正七嘴八舌地议论，突然间就听见一声轰响，活赛是打了旱天雷，伙友们闻声腾地一下子全站起身来，顺着声音望去，只见小酒馆门外空地上正趴着小脚行，而刚才发出的那声巨响，就正是小脚行从小酒馆里摔出来的声音。

"小脚行被小酒馆的门槛儿绊倒了。"杨得水无意中说了一句，可是又一想，不对，满天津卫的酒馆都没有门槛儿，从酒馆里出来的人，十个里面有九个是两腿打颤，留个门槛儿，不是故意拦生意吗？

"别是喝醉了吧？"陈天成也在猜测。

"当！"又是一声，就在众人猜测的时候，一只酒瓶子从小酒馆里飞了出来，哗地一下子摔得粉粉碎，幸亏没扔在小脚行头上，否则准得来个脑袋开花。

"小脚行！"陈天成终归是比大伙儿年长几岁，一看这情景,他就明白了八九分;可是,看着徒弟挨踢挨打的样子,他又心疼,不由自主地,陈天成大步迎着小脚行跑了过去。恰这时,小脚行已从地上爬了起来,神色惊慌,他抱着脑袋就往伙友们当中钻,一面钻还一面争辩:"我没留神,没留神。"

噔噔噔,又是一阵混乱,小酒馆的秀琴姑娘已经从房里追了过来,她手里抓着一把扫帚,气汹汹地就向着小脚行打了过来。

"使不得,使不得!"就在一阵混乱之中,朱观澜从字摊上大步跑了过来,他横开两支胳膊拦住秀琴姑娘,用自己的身子护住小脚行。

"嘛事?"呼啦啦,邮政局门外的闲杂人等一窝蜂地围了过来,众人七嘴八舌地问着。

"你、你!"秀琴姑娘挥着扫帚把冲着小脚行喊叫,"今儿个,我爹出去讨账……"

"息怒,息怒,有些话,大庭广众之下,是说不得的。"朱观澜息事宁人,他挥着胳膊将秀琴姑娘往小酒馆里哄,"照料生意要紧,当心钱柜,当心钱柜。"

"来者呀!"就在朱观澜劝解秀琴姑娘回小酒馆的时候,陈天成唱了一声号子,圈儿酒才喝了一半,伙友们便匆匆拉上地牛车走了。

"大事化小,小事化了。"待陈天成领着伙友们走得没了踪影,朱观澜将秀琴姑娘劝回小酒馆,又趁着小酒馆里没有人,朱观澜这才语重心长地劝说秀琴姑娘。

"圣人,这事你别管,我跟他没完!"秀琴姑娘正在火头上,气呼呼地还在喘大气。

"家宝小弟,年幼无知,千错万错,全错在他不识字的上面,不识字者不知礼,说是有罪,倒是我这读书人没有尽到教化的责任。"说着,朱观澜还向秀琴姑娘作了一个揖。

"有您老嘛事呀?还有往自己身上揽这个的吗?"秀琴姑娘还是不依不饶,瞪圆着一双眼睛大喊大叫,"你知道刚才他在这屋里干嘛吗?"

"时过境迁,不说也好。"朱观澜忙着把话岔开,他压根儿不想知道小脚行为什么招来一顿打骂,"只是,秀琴姑娘,得让人时且让人,忍一忍风平浪静,退一步海阔天空。家宝小弟正年轻,他真被羞辱得无地自容,倘有三长两短,他上面还有二老双亲,又该谁代他尽人子之道?退一万步讲,秀琴姑娘,这老地道邮政局站外历来是圣贤之地,人们以礼相待,你家小酒馆做的也是君子生意,倘一两件不良行为张扬出去,那时便会有许多不三不四的歹人汇集此地,只怕我的字摊摆不成了,你家的小酒馆也开不成了。虽有怨兮,报之以德,圣人教诲,微言大义矣。"

"我不懂。"秀琴姑娘虽然还是嘟嘟嚷嚷,余怒未息,但是火气已经小多了，琢磨朱观澜讲的道理，也真是令人折服，无论小脚行刚才在小酒馆做了什么不该做的事，可是只要事情一张扬出去，不仅自己的名声洗不干净，说不定倒会招引来一些歹人，他们反而要来这家小酒馆寻衅闹事，那时，老地道邮政局一带地方也就不再安宁了。

"有错要改，有罪当罚，刘家宝不知自重自爱，他师傅陈天成是自有处理的。刚才秀琴姑娘正在追骂刘家宝的时候，陈天成招呼伙友们"来者"，护的不是刘家宝，护的是脚行伙友们的脸面。脸面，炎黄子孙什么都可以不要，唯独这个脸面不能不要；上至夫子圣人知有脸面，下至贩夫走卒，也知有脸面。大庭广众之下，倘刘家宝被你羞辱一番，刘家宝的丑事小，十几位伙友露丑事大，所以他带着众人走开，到了僻静处，你想那陈天成会轻饶得了刘家宝吗？所以，我劝秀琴姑娘息事宁人，不光是给刘家宝留个脸面，还要给陈天成和他十几位伙友留个脸面，中国人讲与人为善，顾的就是这个脸面。常言道打人莫打脸，骂人莫揭短，你疾恶如仇不给他留个脸面，明明就是断了他的活路，年纪轻轻，刘家宝的日月还长啊！"

朱观澜一番苦口婆心，秀琴姑娘渐渐地心平气和了，收拾收拾店铺，秀琴姑娘这才对朱观澜说道："天下真难得有你这样的好心人，这不是人的年头，怎么让您这样的好人受穷呢？"

"好心人全要受穷，如此，这些受穷的好心人才能相互劝说着好好地过穷日子，依老朽之见吗，为什么穷人致富如此艰难？那就是将一颗好心要想变坏，实在是太不容易了。你说是不？秀琴姑娘……"

…………

第二天一早，朱观澜才支起小字摊，陈天成便灰溜溜地来到了老地道邮政局。

"圣人。"陈天成悄悄地一声招呼，倒吓了朱观澜一跳。平时，陈天成没来过这么早，干脚行又不是赶早市，哪有这么早就喝圈儿酒的？"陈师傅，你有事？"朱观澜问。

"我早来一会儿，问你件事，我们还能在这儿喝圈儿酒吗？"说着。陈天成向小酒馆瞟了一眼，小酒馆那边还没卸门板呢。

"该来就来吧，秀琴姑娘那边，我已经把话说开了。"朱观澜一面在小字摊上铺着桌布，一面对陈天成说。

"哎哟，圣人，可真要谢您了。"长喘一口大气，陈天成一屁股坐在了板凳上，"小脚行那边，我管教他了，昨儿下晌收工之后，我把他带回了家，他在炕沿上给我跪了两个钟头，小兔崽子，他摸人家屁股。"

"荒唐，荒唐！"朱观澜摇摇头，叹息着说，"不知有廉耻者,不可以人论之。"

"可他自己说是没留神。"陈天成低声地对朱观澜说,"您老也看见过,小酒馆里边,地方太狭窄,出出进进的,难免有个碰碰撞撞的。小脚行说,他觉着手背碰着了一处什么软软乎乎的地方,反过手来一捏,唉,就只能这么说吧,不得给人留个脸吗?再说,把他骂成了臭狗屎,我们十来个人也寒碜呀。您老圣人往后再和我们说话,不是也寒碜吗?干脚行,活低人不低,伦理纲常的做人道理,无论识字不识字,都要记在心里。我老爹教导我,干脚行,莫看不识字,可这行规全都是圣人之道。我们这行的规矩大了,您老念书人守的什么道,我们干脚行守的也是什么道。不是我高攀,咱们全是圣人的后辈,君臣父子,礼义廉耻,越是不识字的粗人才越是心诚;倒是有的念书人心里有了邪念,才拿这君臣父子、礼义廉耻作招牌,偷着摸着地做见不得人的事。我们脚行不这样,也不敢,触犯了这八个字,有家法,一个法儿,狠揍。咋晚上我就抽了小脚行两个大耳光子,我说你这是给大家伙丢脸呀!"

"年幼无知,不可责之过严,也许还就是无意之过,说说也就是了。"朱观澜劝慰着陈天成,"秀琴姑娘那里呢,我陪你去赔个礼,以仁待人嘛!我想她也就不会再追究了。过一会儿伙友们来齐了呢,你们还接着喝圈儿酒。"

"我就对伙友们说,喝圈儿酒,虽说还有比这儿更好的地方,可是守在圣人旁边,这才是咱们的造化呀,这还得感谢这不是人的年头,要不是军阀混战,天下大乱,圣人能坐在咱旁边看着咱喝圈儿酒吗?说起来也怪,有您老坐在旁边,也用不着管教,伙友们喝圈儿酒,就没有人满嘴喷粪,您老哪里知道这伙人的嘴有多臊呀,不骂街不说话,嘛不是人的话都扔得出来,臭下什烂嘛!可是您瞧,在您老身边这一年多,还有打架的吗?还有骂街的吗?还有嬉皮涎脸地说下流话的吗?小脚行他混,他跟人家秀琴姑娘套近乎,他是看人家秀琴姑娘容貌俊,人品好。我说傻混球,你找大媒呀,哪有自己个儿胡来的?哈哈哈!"说着,陈天成笑出了声。

…………

陆陆续续,十位脚行伙友一个个地全来了。只是今天他们一个个全都是脸色阴沉,心事重重,往日那种说说笑笑的轻松样子不见了。低头不语,各人从墙脚处拾个砖头垫在屁股底下坐好,神色十分严肃,他们似是要合计什么重要的事情。

最初,朱观澜对十几位伙友的情景并没有十分注意,反正他早早地为他们买了一斤酒,照例是小脚行将酒瓶取过去;但过了会儿,没听见伙友们的说笑声,朱观澜这才侧目向那边望望,倒是也没看出什么变化,只见陈天成将一把钞票掏出来,扳着手指向大家说着什么。哦,明白了,今天是十六,脚行团伙逢二逢六"开钱",因为工头是逢一逢五向柜上结账,逢二逢六早上取出钱来,伙友们凑齐了当众"开钱"。脚行伙友们的"开钱",类似后来作家们的得稿费,没有准章程,同一件活,同一程路,给多给少由主家赏,多给了别高兴,少给了也没处去询问,嫌少断了交情。

脚行团伙开钱,绝对平均主义,无论年老年幼,也不管什么资历,反正每人一条襻绳,谁不使劲儿也不行。但是脚行团伙开钱,按人头要多分一份儿,这多分出来的"份子",归工头,所以陈天成名正言顺拿双份儿,到后来说工头是封建把头的走狗,他们欺压工人,但他们的全部罪恶,就是这多拿的一个份子。

陈天成分完了份子,每人一份也发到了各人手里,几个伙友手捏着钱,跑到附近的胡同去,他们各家的女人、孩子正在胡同里等着拿钱呢。当然,这交钱拿钱的过程是极为悲壮的,明明听见有几条小胡同里传出来了吵骂声,有的伙友怕老婆,就由着女人破口大骂:"怎么才分了这么点儿钱?你预先支出去花了?"对不拢的账,吵不完的架,最后全是男人们垂头丧气地从胡同里走回来,女人们哭哭啼啼地从胡同里溜出去。杨得水最野蛮,逢二逢六,他总要在胡同里将女人打一顿,打完女人,从胡同出来,他还没完没了地回头骂街。

清官难断家务事，朱观澜对于这种打打闹闹的事早已是司空见惯了，他一不劝解，二不询问，好在只等陈天成一吆喝"来者"，一切便全都云消雾散了，再吵再闹，还要到五天之后。

但是今天，在伙友们陆陆续续地从胡同里走回来之后，陈天成并没有立即吆喝"来者"，十几个人凑到一起，似是又合计什么事，而且说也奇怪，他们还把小脚行刘家宝"支"了出来。

"今天怎么还不'来者'？"刘家宝没地方去，便信步走到朱观澜的字摊上，朱观澜见他脸上一副难堪相，便无意地询问着。

"谁知道他们要嘀咕嘛？"刘家宝嘟嚷着回答，"还把我支出来。"

想必是和昨天发生的事有关系呗，刚才陈天成说了，昨晚上便狠狠地管教了刘家宝，也许是今天他要向伙友们解释几句。

"圣人，您瞧昨天的事多不合适，我要是故意做下流事，我不是人！"刘家宝指天发誓地向朱观澜表白。

"于心无愧，也就是了。"朱观澜和善地解劝，"只是，以后自己要注意，男女之大防，不可掉以轻心呀，何况昨天秀琴姑娘的父亲又没在店里，那就更不该故意逗留。"

"我觉着多说说话……"刘家宝尴尬地分辩。

"同龄男女之间,有什么话好说呀?"朱观澜耐心地对刘家宝说着,"吃一堑,长一智吧,人言可畏呀!"

朱观澜还要和刘家宝说什么,陈天成和伙友们之间合计的事似是定下来了,陈天成吆喝一声"来者",众人伏身拾起绳襻儿,刘家宝闻声向伙友中间跑去,只见杨得水正在从地牛车上往下解一根绳襻儿。

"杨师傅,那是我的绳襻儿。"刘家宝一面跑着,一面向伙友们招呼。但杨得水理也不理他,三下两下便将刘家宝的绳襻儿解了下来,远远地向着刘家宝抛了过来。

"啊!"刘家宝慌了,他呆呆地停住脚步,伏身从地上拾起了自己的绳襻儿。

脚行团伙的规矩,众伙友把谁的绳襻儿解下来,再冲着这个人扔过去,那就是伙友们把这个人"开"了,自己另外找穴去吧!

可是另谋生路,谈何容易呀!一个人和伙友们混得有了人缘儿,不容易,再到一个新的团伙当中,至少得先受一年气。欺生,历来是中国人的毛病。何况如今刘家宝还顶着坏名声,谁敢收他?明明是断了他的活路呀!

"陈师傅!"刘家宝双手托着绳襻儿,远远地向陈天成喊着。但陈天成似是什么也没听见,他耷拉着脑袋,看得出来,他对此毫无思想准备,准是伙友中有人向陈天成发难,挤对出去一个人,大家伙的份子不就多些油水吗?

"杨得水,杀人不过头点地,你不该这样下狠手呀!"刘家宝转身又向杨得水喊叫。

杨得水也不搭腔,反正是把刘家宝"开"了,陈天成也没法替自己的徒弟开脱,明明是你惹了事,干脚行,不计较嫖娼赌博,身上长了疮,照样来拉襻儿,债主子追过来又打又踹,谁也不能往外开他;干脚行最忌讳罗唣民宅,平白无故地招惹父老乡亲,别忘了脚行的规矩,咱爷们儿天天走来走去的条条道路,原来是家乡父老借给咱们的,百姓乡亲们封了路封了桥,脚行到底不是兵家,没有枪炮给队伍开道何况这又是罗唣民女,刘家宝已是天理难容。

"陈师傅,杨师傅!我刘家宝不是人,我刘家宝不是人呀!"咕咚一声,刘家宝冲着十几位伙友跪在了马路上,他先是苦苦地哀求,继而又抡起巴掌掴自己耳光,啪!啪!一声声震得人全身打颤。

"你们这是干嘛?"

陈天成正在万般为难地不知所措,刘家宝正在哭诉着央求伙友们别踢了他的饭碗子,伙友们也正低头叹息不忍心看着这种场面时,突然间一个女子的声音传来,众人抬头望去,只见小酒馆的秀琴姑娘不知什么时候已经走了过来。

"夜儿个早上小脚行在我酒馆里耍酒疯，我把他追出来，捆了他两巴掌，你们凭嘛就断了他的活路？你们一个个喝醉酒时的德行，当我没看见过怎么的？事情过去就完了，你们还真逼得一条七尺汉子去跳河呀？从我这儿说，夜儿个那场事，圣人说和过了，有人要是再拿那件事说山，他就是缺德！圣人，往下的话该怎么说来着？"秀琴姑娘正冲着众人辩理，突然间后边的词忘了，急忙中她回头向小酒馆询问，这时人们才发现圣人朱观澜不知什么时候已跑进小酒馆去了。

"让他们把刘家宝的绳襻儿拴上。"小酒馆里，圣人朱观澜远远地对秀琴姑娘说着。

"唉呀，圣人，您老就别在屋里躲着了，咱两人唱双簧，哪有您出来直说好啊！"秀琴姑娘索性返身回到小酒馆，将朱观澜拉了出来。

"云消雾散，云消雾散了！"朱观澜被秀琴姑娘推着，来到伙友们当中，他先是扶起刘家宝，然后又向着众人说着，"解铃还得系铃人，如今秀琴姑娘已经说话了，昨天的事，只是一场误会，从今之后，谁也不得纠缠。刘家宝的这根绳襻儿，无论是谁解下来的，今天我把它再系在地牛车上，那种绳扣儿我不会系，天成老弟，容朱观澜老哥讨一个'大'，你来为我代劳吧！"

说着，朱观澜将刘家宝双手托着的绳襻儿拿过来，迈出步,放在地牛车上,然后他又将陈天成拉过来,让他把绳襻儿系上。

一声不吭,陈天成低头将刘家宝的绳襻儿重新系在地牛车上,吧嗒吧嗒,朱观澜明明看见,一串泪珠从陈天成的脸上落下来,滴在了地上,滴在了绳襻儿上。

"圣人,我替刘家宝谢您了。"瓮声瓮气,陈天成说着,一个男子汉泪湿的话音,听着让人为之心酸。

时过境迁,一场风波也就算过去了,通过这场风波,脚行伙友与圣人朱观澜之间的感情,比往昔更为深厚了。脚行伙友们将朱观澜视为知心好友,圣人与脚行,中间不过是一道门槛儿罢了,通了,就不分彼此了;而对于朱观澜来说,他似乎也在脚行伙友们的言谈举止之间发现了许多圣贤的光辉,人尽可以为尧舜,人尽可以为圣贤,自然也就人尽可以做脚行。

确确实实,小脚行刘家宝已经明明成了半个圣贤了,他知道了界限,知道了分寸,知道了别人的可为和自己的不可为。"凭嘛他那样?凭嘛我这样?"那是小脚行刘家宝混账的时候总也闹不明白的第一难题。如今,他明白了,世界上就是别人可以那样,可你自己却必须这样,大家伙都一样,世界也就不称其为世界了。凭嘛有的人可以在小酒馆耍酒疯?又凭嘛自己进小酒馆就得规规矩矩?道理很简单,人家拿你当个人。几时拿你不当人了，你无论怎样混账人家都不恼怒，不就是灌猫尿吗？让他可着性地喝,醉成烂泥,出门跌在水洼里睡到天亮。凭嘛圣人朱观澜就得斯斯文文地坐着,就是摆了小字摊,也不低人一等？凭嘛咱就得拉襻儿喝圈儿酒？把朱观澜的字摊砸了,扒下他的长衫,给他肩上套上个绳襻儿,跟伙友们一起"来者",谁寒碜？朱观澜不寒碜,谁逼着朱观澜"来者"谁寒碜,将圣人逼到这等份儿上的人,老百姓准骂他。

"摆字摊的,狗拿耗子,往后你少管闲事！"已经是过了中午,没有人来求字写信,朱观澜正伏在案上午睡,突然间朱观澜对面的板凳上沉甸甸地坐下了一个人,粗声粗气地冲着朱观澜闹了起来。

朱观澜腾地一下子被不速之客的吵闹声惊醒,挽着衣袖揉揉眼睛,举目向对面望去,不是什么陌生人,脚行团伙中的杨得水。

"哦,杨师傅。"朱观澜客客气气地向杨得水打着招呼,心中还在琢磨何以他冷不丁地来找自己,写信？求字？一切都与他毫不相干,曾经听伙友们说过,这个杨得水好赌,拉地牛车赚下的血汗钱,全输在赌场里了,推牌九,押宝,输得一干二净；每次逢二逢六"开钱",他女人等在附近的胡同里,准准地要挨他一顿狠揍,这个杨得水,才不是个好人。

"什么杨师傅杨师傅的,别跟我套近乎!"杨得水一副混不讲理的样子,明明是来找朱观澜打架。

朱观澜不出声了,这是朱观澜这类圣人反抗横蛮的唯一办法,什么警察署来查街,私摆字摊有碍市容观瞻,"三天之内不迁走,我砸你的字摊!"朱观澜暗中将一份"孝心"递过去,然后便一声不吭地由他去骂,骂累了,也骂不出更多的油水来了,警察恶汹汹地走去,朱观澜依然等着有人来求字写信。地面上的无赖,敲竹杠的混混儿,无论谁来捣乱,朱观澜只是逆来顺受,有的中国人历来于欺凌弱者之中寻找乐趣,而于欺凌弱者之中欺侮读书人则更是其乐无穷。"万般皆下品,唯有读书高",读书人早把自己提供给世人作了挨骂的坯子,敢于骂读书人,就一定比读书人还高,骂得越狠,就越比读书人高,读书人挨骂,纯属自找。

可是你杨得水骂朱观澜的什么呢?朱观澜没干涉你的家务纠纷,朱观澜没调唆你女人向你要钱,朱观澜没招你没惹你,朱观澜再穷再窝囊,也轮不不上你个杨得水来骂,你杨得水算是哪路的野鬼?

"你是圣人,一肚子仁义道德。"杨得水指手画脚,气势汹汹地冲着朱观澜吵闹,"有能耐,你治理天下去!世道乱成了这个地步,卖苦力的穷到了这等份上,你那仁义道德这时候不用,还留着下小仁义道德不成?"

"观澜只知独善其身,天下兴亡,与我无干。"朱观澜语气平和地回答着。

"既然与你无干,你管我们脚行的事干嘛?"说着,杨得水在字摊上重重地拍了一巴掌。

"观澜明哲保身尚且自顾不暇,贵行伙友之间的事情,我是从来不过问的。"朱观澜只能尽力为自己辩护。

"你不过问?呸!"杨得水冲着字摊唾了一口,震得朱观澜打了一个冷战。"我来问你,伙友们合计好了要开刘家宝,你打的什么圆盘?"打圆盘,天津土话,就是调解纠纷,缓和僵局的意思。原来杨得水来找朱观澜寻衅闹事,还是为了早上刘家宝的事。

"观澜以为,家宝年幼,一时失礼。知过改正,还要以仁待之。无端地辞了家宝,明明是断了他的生路,那岂不是有悖于仁义二字的教诲了吗?"说到刘家宝的事,朱观澜理直气壮。倘这事发生在杨得水头上,朱观澜也会为他辩护。"留着你那仁义二字喂狗去吧!"杨得水发火了,他在字摊上用力地砸了一拳,脸红脖子粗地冲着朱观澜喊叫,"拉地牛车,十个人也是拉,八个人也是干,凭嘛他陈天成把自己的徒弟塞进来?不就是要从伙友们嘴里掏出一块饽饽来吗?开走一个人,伙友们就多分个一元两元的,多留下一个人,就是从一家老小身上割下一块肉,轮到你头上,你干吗?装模作样,你都败落到摆字摊的份儿上了,还讲什么仁义道德!可是谁拿你这讲仁义道德的圣人当人呀?跟你明说了吧,干脚行,就不能顾什么仁义道德,早以先为了争口儿,打群架,跳油锅,一条好汉对一条好汉地比划;现如今立包工大柜,更是心黑手狠,陈天成拉杆子扯伙在大柜上包工,自己拿着双份儿,还拉扯着一个徒弟;明日炸伙,我照样拉杆子扯伙到大柜上去包工,我也拿双份儿,我也照样收徒弟,谁定的这块肥肉就得由他陈天成独吞?跟你明说了吧姓朱的,我看你也是在这儿呆腻了,明日个,老老实实地,你给我挪地方,再看见你在这儿摆字摊,我不收拾你,等喝完圈儿酒,我走了,有人来收拾你!"

"怎么着,你?"朱观澜一时气愤得说不出话来,喘了半天大气,他才哆哆嗦嗦地向杨得水说着,"可是我朱观澜在老地道邮局门外摆字摊已有好多年了呀,早在几位伙友来这里喝圈儿酒之前。再说,全天津卫各个邮电所门外都有人早摆下了字摊,你将我从这里撵走,你让我去哪里谋生啊?"

"你自找!"杨得水蛮不讲理,"谁让你爱管闲事呢?你不总想拿你那套仁义道德救国救民吗?那你就另找个豁亮地方去吧!"说完,杨得水用力地一踢,"咕咚"一声,板凳被远远地踢开,杨得水大摇大摆地走了。

颤颤巍巍,朱观澜离开座位,将被杨得水踢倒的板凳扶起来,再哆哆嗦嗦地坐回到自己的座位上,成串的泪珠儿扑簌簌地涌了出来。唉!一片好心,谁想到会落到这样的结局,莫非救人于危难之时不对吗?见到一个人落在水里,你伸手拉他一把,谁料在场的正有一个恨不能把那个落水的人立即淹死,你救了这个,势必得罪了那个,真是好人没有好下场。

只是祖上的遗训,做好人虽然没有好下场,做人还得做好人。明看见这个人是被另一个人推下水里的,可谁也不能见死不救,除非那个推人下水的人有势力,他能把救人的人一同推下水去,可那也就没了世道,凡是恶人当道的世道,最后才真是都没有好下场。

然而如今朱观澜的小字摊是不能再摆了,杨得水一不是官,二不是匪,他谁也不敢欺侮,但他能欺侮朱观澜,杨得水没权没势没有兵马没有弟兄,他什么本事也没有,但他可以做出一切别人做不出来的事,他可以往你摆字摊的地方泼大便,他能躲在胡同里冲着你的字摊扔砖头,他能找个窑姐儿坐到你小字摊上来和你起腻,他自己还能把一只手掌伸出来,然后再交给你一把菜刀,"圣人,麻烦你把我手指头剁下一个来,还赌债!"你有什么办法?惹不起,躲得起,世界上顶没羞没臊的人,必是顶顶惹不起的人。

可是到哪里再摆字摊去呢?听天由命吧,这么大的天津卫,总能找个不碍事的地方,只是,只是……心中一阵酸楚,朱观澜倒有儿点舍不得这个熟地方了。什么东西值他留恋呢?说不清楚,也许就是他再也看不见喝圈儿酒的这群伙友了,而在这群伙友当中,还有陈天成和刘家宝。

渐渐地,太阳已是西沉了,这一下午,没有等来一个人,竟然一分钱也没有赚。想一想明天还不知去哪里摆字摊,朱观澜心里真是万般辛酸,唉,悔不该当初就误入了读书的歧途。

"圣人。"正在朱观澜准备早早收摊回家的时候,又是冷不丁一声招呼,直吓得朱观澜打了一个冷战,转过身来寻视,原来是陈天成,他不知什么时候走了过来,手里还提着两瓶酒,满面笑容,明明是专程找朱观澜来的。

"你这是收工回家呀?"朱观澜对陈天成说着,低头,他又看见了陈天成手里的两瓶酒,"哦,去看望老人。"

"圣人,我是看望您来的。"陈天成将两瓶酒放在字摊上,顺势就坐在了朱观澜的对面。

"我们每日都见面的。"朱观澜还是不明白陈天成的来意,挺疑惑。

"今早上多亏您给我们师徒二人解了围。"陈天成说明来意,将两瓶酒推到朱观澜的面前,"杨得水那小子不是东西,有日子了,他总挤对我们师徒两个,这次偏赶上小脚行不争气,让他抓住了个带柄的烧饼,舌头根子底下压死人,他咬定小脚行罗唣民女,不开小脚行,他就领着一帮人炸伙,你说我怎么办?我也只能依着他们开小脚行呗。幸亏您老足智多谋,到小酒馆里搬出了秀琴姑娘,人家本主儿都说没事了,谁还能逮理不让人?圣人,节骨眼儿上才见人心呢,您老就是圣人!"说着,陈天成给朱观澜行了个大礼。

"惭愧,惭愧,那只是做人的本分罢了。"朱观澜摇着双手,谦逊地对陈天成说,"家宝小弟行为不当,该说的要说,该管的要管,何况此中也有无意之处,再加上家宝小弟又绝非知书识礼之人,明之以理,还要待之以仁。而且他已知错认错了嘛,知耻近乎勇,今后我看他是不会再犯了。与人为善,我们更要对他格外关照才是。所以,见有心怀叵测者要趁机伤人,我自不能袖手旁观。"

"圣人心善,圣人心善。我早说过,这辈子能遇见您老这么位圣人,才是大家伙的造化。自从我到这么个地方守在圣人身旁喝圈儿酒以来,脚行伙友们可真比往昔斯文多了,您哪里知道这帮粗人有多野呀。就拿我说吧,要不是守着您,就杨得水那坏蛋,我早揍他了,别瞧他总挑唆伙友们炸伙,真到时候掰了情面,伙友们还是听我的,咱等着瞧!"

"不可,不可!"朱观澜赶忙劝解着陈天成,"以仁待人,历来是圣人的治世之道,仁也者,人也,老吾老以及人之老,幼吾幼以及人之幼。老者安之，朋友信之，少者怀之，讲的全是宽厚的道理。杨得水不过一个赌棍而已，为了几个钱，他是什么恶事都干得出来的，但我们可以防他，可以避他，只要我们不与他计较，他也是无从加害于我们的。须知，冤家宜解不宜结，你今日与他结下冤仇，一年无事，二年无事，天长日久，谁能估料到会什么时候遇到麻烦？所以说，委曲求全吧。"

"圣人厚道，圣人厚道。"陈天成对朱观澜的劝解极是感激，便再三地给朱观澜作揖施礼。"这许多日子，伙友们承蒙圣人关照，我早想着要对圣人有个表示。今早上又亏你帮我闯过了一道难关，我这心里就更是过意不去。一点儿小意思……"说着，陈天成将两瓶酒推到了朱观澜的怀里。

"使不得，使不得。"朱观澜急急忙忙地推让，两瓶酒又被他推了回去，"仗义执言，只不过是做人的本分，看见双方纠纷，即使是路人也要过来解劝的，何以我要受礼？"

"圣人，您老要是不收下这两瓶酒，就是瞧不起我。我们脚行的规矩，送礼不收，就是不拿我们当人，先作揖，后下跪，至死不收，站起来就跟你拼命，也不伤你，拾起块砖头来把自己脑袋开了。您老不是瞧不起我吗？我也就没脸活着了。"说着，陈天成真的就冲着朱观澜作揖施礼，眼看着就要下跪了。

"使不得,越发使不得了。"朱观澜急急地走过去,伸手搀住陈天成,半天才万般为难地说着,"天成啊,你算是难为老朽了。也罢,这两瓶酒我且收下,也算我们不白交往一场啊!"

"日后,我们还得赖圣人关照呢。"陈天成见朱观澜收下礼物,这才终于舒了一口气,整理整理衣饰,他准备回家了。

"天成啊,说来也是缘分,我正琢磨着该如何向你辞别呢,没想到你就来了。"朱观澜一面收拾着小字摊,一面对陈天成说着。

"圣人要出门?"陈天成问。

"不,这个字摊不能摆了。"朱观澜回答。

"怎么?"陈天成突然收住脚步,极是惊愕地询问,"他们撵你?"陈天成指着邮政局。

"不是,不是,我每天把邮政局门外收拾得干干净净,正好省得他们派人扫街。"

"有人捣乱?"陈天成又问,"大胆,有我陈天成在,谁敢和圣人过不去,我不扒下他的皮才怪!"陈天成一叉腰,做出一副包打天下的神态,看他的气势,足可以对付十个八个。

"我一介寒儒,有谁会和我计较?"朱观澜还是心平气和地回答。

"杨得水!"陈天成终于猜着了,"今天中午他说有点儿事溜了,我就琢磨着他会来闹事。"

"荒唐,荒唐,你怎么胡言乱语?"朱观澜万般着急地摇着一双手,"我与他杨得水无冤无仇,他干嘛找我的麻烦?"

"这也不是,那也不是,可是好好的,凭嘛您老这个字摊不摆了?除非是您交上了好运。"陈天成更是着急地追问。

"对了,正是我交上了好运。"朱观澜向陈天成笑着,脸上的肌肉僵硬呆板,"是我的一个私淑弟子,就是学生,在保定府做了一方父母,早就要接我去颐养天年……"

"不对,圣人,没那么回事,这是您老瞎编的。"陈天成一把抓住了朱观澜的胳膊,用力地摇晃着,"前天说保定府发一批货,我们到车站接车,等了一天不见影。后来传来消息,说是保定府打起来了,也不知哪位大帅跟哪位大帅打起来了,城里一片火海,保定府的府衙门都让乱兵给抢了。圣人,您老别哄我,我不能让您老走啊!"

说着,莹莹的泪珠从陈天成的眼窝里吧嗒吧嗒地涌了出来,他用力地抓住朱观澜的胳膊,似是稍一放松,朱观澜就会飞掉。

"我干嘛要哄你?"朱观澜抽抽鼻子,语言呜咽地对陈天成说,"我的学生不在保定府做官,他难道就不能换个地方去做官吗?生来是做官的造化,到了哪里也是要做官的。多年来我总怕给他们添麻烦,可如今我的身体已是一天一天地不济了,没有别的办法,也只能麻烦他们去了,谁让我没生儿子呢?"

"圣人,您老越编越离谱了,既然人家走到哪里都做官,那人家还要您这个没权没势的师长有什么用呀?光他的顶头太岁,他还孝敬不过来呢,您老一个老师,不就是累赘吗?"

"无论你如何说,反正这个字摊我是不摆了。"说着,朱观澜已将一张破木桌和两个板凳放在了一辆旧童车上,吱咽吱咽地,他推着小车走远了。

"圣人,圣人!"陈天成茫然地站在原处,一声一声地招呼着,一阵晚风吹来,他不由得打了一个冷战。

…………

老地道邮政局门外,冷冷清清,一下子失去了生机,连清晨的阳光都充满着寒意,让人感到凄怆悲凉。

每天早上,脚行团伙们依然是聚在邮政局门外的旷地上喝圈儿酒,无声无息,几乎没有谁说什么话。偶尔有人抬起头向朱观澜原来摆字摊的地方望望,但一阵地风兜起,原来那处温温暖暖的地方,竟突然令人悚然。

当然,伙友们总不能一言不发地喝圈儿酒,你一言,我一语,说东道西,人们又寻找新话题。只是说来也怪,原来邮政局门外的小摊贩们也不见了,他们都远远地在一旁躲着。

几时伙友们喝完圈儿酒,陈天成吆喝一声"来者"伙友们拉动地牛车,那些小摊贩们才慢慢腾腾地向他们各自摆摊的地方走过来。

"躲咱们!"伙友们之中有人发觉了,"咱又不欺侮人,你摆你的摊呀!"

"明白人家为嘛躲咱们吗?"陈天成粗声粗气地问着,但是没有人回答,当然人人心里都明白,自从朱观澜的小字摊不见了,脚行伙友们一个一个都现了原形。喝圈儿酒,十几个人围在一起,头一圈不声不响,第二圈胡说八道,第三圈污言秽语,第四圈就不堪入耳了。哈哈,哈哈,一阵哄笑连着一阵哄笑,有时候几个人还连打带踢,闹不清是打架还是亲善地开玩笑,连远远地看着的人都为他们难为情。秀琴姑娘和他的老爹还在经营小酒馆,但是在伙友们喝圈儿酒的时候,小酒馆不摘门板儿。秀琴姑娘在酒馆里,老掌柜站在酒馆门外,小脚行来买酒,老掌柜接过钱,接过酒瓶,将酒瓶送进小酒馆,打满酒送出来,老掌柜就将小脚行拦在门外。

日甚一日,喝圈儿酒的伙友们已是粗野不堪了,和天津卫所有喝圈儿酒的人们一样,只要几个人围着坐成一个圈儿,附近便再没有人走动,有孩子的人家将孩子招呼回家,女人们更是不敢露面。哈哈,哈哈,谁也无法预料喝圈儿酒的人会说出何等刺耳的话来。

"得水,说一段荤的!"

伙友们一起哄，杨得水更加得意忘形，一面说一面表演,男人与女人之间一段平常事,被他说得绘声绘色,一阵一阵,笑得伙友们前仰后合。唉,天津卫呀天津卫,天津卫那点儿见不得人的事,真抖搂出来,还真够天津人难堪的,难怪北京人、上海人看不起天津人呢,无论是北京痞子还是上海瘪三,谁也不如天津渣滓的货色地道。

尾　声

"炸伙了！"

突然一声大喊，老地道邮政局门外爆起了一股黑烟，呼啦啦地动山摇，十几个黑汉扭在了一起，纠在了一起，砸在了一起，拳打脚踢，喊声震天。陈天成、刘家宝、杨得水和他们的同伴伙友，分不清青红皂白，立即便打得天昏地暗。

小酒馆的老掌柜赶忙关上窗板、门板，闪电般溜进小酒馆，将房门紧紧插住，门里还堆了几张空桌子；远远地躲在附近的胡同里等着摆摊的男男女女们，更是不由自主地向远处退去，一个个全护紧了自己怀里的货物，唯恐遭歹人乘机抢劫；正在邮政局里寄信寄物的市民，听见外面呐喊厮打，一起扒着窗子向外张望，忽然间十几个黑汉你追我赶地向这里跑来，又吓得众人猫下了身子。

老地道邮政局门外已一片混乱，闹不清谁和谁打，只是突然间众人将一个人压在底下狠打狠踢，但突然间被压在下边的人挣扎出来，又几个人反扑过去，把原来打人的压在下边狠打狠踢；当然无论是挨打的还是打人的，双方一齐破口大骂，妈妈姐姐姥姥奶奶，多么难听的话都骂得出口，听得人全身发麻。

一阵混乱之后，渐渐地阵线分明，看得出来是杨得水领着一伙人打陈天成，"炸伙"，伙计们串通一气打工头。后来轮到笔者参与这类游戏的时候，便有了新词汇，叫作"夺取领导权"。陈天成和杨得水他们没有这么高的水平，他们使用最直接的词汇，叫"揍头儿"。

"我×你妈妈！"被众人压在下边，陈天成拼命地叫骂，面对着犯上作乱的一群恶棍，他只能以此表示反抗。

"打！"杨得水还在呐喊着，鼓动众人对陈天成下狠手，"你小子护着徒弟为非作歹，一个个地想辖制伙友，今日我们就是要炸伙。姓陈的，乖乖地领着你的徒弟滚蛋，这群伙友跟着我干了！"

"杨得水！"陈天成还被压在人群底下拼命地喊叫，"你小子想夺我的口儿，包工柜上你拿不出来活，谁跟你干，谁就得挨饿！"

"师傅们，杨得水黑心！"人群外边刘家宝被几个凶汉揪出，尽力挣扎，他还是不得脱身，无可奈何，他只能向伙友们讲明道理，"杨得水是个赌棍，欠下一屁股赌债，他明着是抢我师傅的口儿，心里是要抢你们大伙的钱，我师傅明人不做暗事,批下账来一人一份儿,他就是自己拿个双份儿。杨得水要是包了活,他准得独吞!"

刘家宝打架骂人,在天津卫也算得上是位名流,也许是因为他的气势太猛,两强相斗勇者胜,他竟将拧着他胳膊的人吓得全身发抖。这一下,刘家宝有了反手的机会,跳起身来向后踢腿,"咚咚"两声他就把自己身后的两个汉子踢倒在地。猛虎下山,刘家宝从别人的挟制下挣脱出来,腾空跳起,活像是一只黑猩猩发了疯,"呼"地一声平地风起,刘家宝咚的一下,便将重重的身子砸在了杨得水身上。"哎呀!"未容杨得水挣歪,刘家宝便一把抓住了杨得水腿裆。

打架可是一门学问,打群架又更是一门大学问。陈天成和刘家宝,陷于八九个伙友的重围之中,明明是以弱敌强,以寡敌众。但刘家宝是行家里手,先要攻心,以自己的虎威吓破对方的胆,先将众人之间的气势炸开,然后突围出来,只照着对方头领一个人要命的地方下狠手,其他人无论怎样打你,你都不要计较,只要抓住了对方头人的命根子,由他嗷嗷地惨叫,对方再多的同伙,便谁也不敢动手了。

"哎哟!哎哟!"被刘家宝压在身子底下的杨得水,叫得活似挨宰的老母猪。这一下,围打陈天成的几个伙友吓慌了,他们扔下陈天成返过身来想救杨得水,偏这时陈天成又一骨碌从地下滚起,稍一伸手,他便抓住了离他最近的人,咚的又是一声,杨得水的一个伙友被陈天成绊倒在地,众人回身再想去救,这时陈天成早抬脚踩在那个伙友的身上,拉开架势,正准备迎击对手呢。

八九个围打陈天成的人都呆了,他们一个个全耷拉着双手站着,不知道该如何是好。

"杨得水!"压在杨得水身上的刘家宝更加气势凶猛,他抓住杨得水腿裆的手狠攥一下,杨得水便嗷嗷地叫一声,杨得水叫一声,刘家宝就骂一句:"想砸我们师徒两个的饭碗子,你还不够份儿!下赌场输急了眼,穷疯了,穷疯了你说话呀,把娘们儿领来卖给咱爷们儿十天半月的,欠下的赌债,咱爷们儿替你还了。你想抢我师傅的口儿,做梦!逮住我的一点儿屁事,就想炸伙,谁说我摸大闺女屁股了?我……我……"刘家宝骂的一句一句污言秽语,已是无法录载了,记录下来了也读不懂,那其中是很有些绕来绕去的道理在的,其实呢,不记下来,大家也可以尽情地去想象,自古以来骂人和写文章就是一样的事儿,花样日有翻新,"道理"就是那么一丁点儿,没嘛!

…………

一场风波过去,杨得水被陈天成和刘家宝打跑了,也不知道谁有理,谁没理。不过,脚行团伙可不是讲理的地方,讲理的地方都挂着旗子,明镜高悬,那地方不动拳脚,另外有一种讲理的办法,使不占理的人服服帖帖。

至于其他人呢?胁从不究,几个伙友不过是向陈天成作个揖,施个大礼,继续拥戴陈天成做工头,地牛车拉起来,照样卖苦力吃饭。

只有老地道邮政局门外的各方人士,却担心这一方的风水要从此变了。陈天成带领他的一帮伙友依然在这里喝圈儿酒,刘家宝护驾有功,从此在团伙中成了一霸,飞扬跋扈,他已是张狂得不可一世了,说粗话,骂人,走路晃肩膀,俨然这世界就要放不下他了。

最最惴惴不安的,是秀琴姑娘和他爹,如果说上一次是刘家宝无意间碰了秀琴姑娘一下,秀琴姑娘仰仗着邮政局门外有个摆字摊的圣人主持公道,不依不饶地追出来要教训教训混账小子刘家宝,那么,如今刘家宝成气候了,圣人不见了,小酒馆的平安日子该也是朝不保夕了。"是啊,该关门了。"老掌柜每天早上看着邮政局门外大喊大叫喝圈儿酒的一帮伙友们胡打瞎闹,自言自语地,他总是不停地提醒自己。只是换个地方去开酒馆,谈何容易!这里的房子要卖,另外再找个地方买房,还要各方面上下运动,弄不好几个钱都赔进去,那可真是要挨饿了。

"阿弥陀佛,有救了,有救了。"

正在老地道邮政局门外的各方人士惶惶不可终日的时

候，突然间有一天人们发现邮政局门外又支起了一个小字摊，只是这个小字摊比朱观澜的小字摊要破落得多，破桌子四条腿不一样高，其中的一条桌腿下边要垫个砖头。就这样，卖字先生为人代写书信时，胳膊肘一移动，字摊还吱吱地发出声响。

而且这位卖字的先生比圣人朱观澜落魄得多，一件破长衫，前前后后十几处补丁，补丁处针脚很大，看得出来是自己缝的。小字摊上没有文房四宝，什么铜镇尺、八行信纸、砚台、毛笔一律不见，只有一个新式蓝墨水瓶，蘸水钢笔一支，老先生以拿毛笔的方式握钢笔，写出的字笔画苍劲有力，钢笔尖戳破信纸的地方，星星点点地透着亮光。

比起朱观澜来，这位老先生的容貌也实在令人不敢恭维，鼻子极大，鼻子头发红，没有几颗牙齿，说话时拢不住气，眼睛很小，分不清什么时候睁眼，什么时候闭目，没有一点儿精神，没有人找的时候就打盹儿，身子一晃一晃，时不时地后脑勺碰在墙上，"咚"一声，连附近的人都吓一跳，只是这位老先生若无其事，脑袋一垂，又睡过去了。

说来也怪，就是这么个带死不活的人，又将老地道邮政局门外的一方风水给扶正了；有这么个会写字的人坐在这里，陈天成和他的伙友们喝圈儿酒时就不好意思大声喧哗，有的人一时高兴才要说点儿什么骚事，抬头一看，小字摊上正有老人在替人写信,就吐一下舌头,缩缩脖子,那段不体面的故事便作罢了。尤其是小脚行刘家宝,一下子他的气焰不再那么张狂了,有时实在忍耐不住,要说几句粗话过过瘾,就那样也要压低了声音,说完之后还要再补上一句:"别让人家听见,耻笑咱是粗人。"

"阿弥陀佛!"酒馆的老掌柜也放心下来了,每日他照样按时开张营业,无论是买货还是送货,他也敢出去,把个小酒馆就扔给秀琴姑娘一个人。

"来者!"一顿圈儿酒喝完,陈天成吆喝着众人拉襻儿,原来喝圈儿酒的地方留下了一堆垃圾。说来也怪,活像是老圣人为他的门人真地留下了什么规矩,待到十几位伙友拉着地牛车走远,无声无息,这位不知名姓的摆字摊的老人便哆哆嗦嗦地走过来,一块砖,一块砖,将脚行伙友们扔下的砖头捡起来,整整齐齐地码放在邮政局的墙角边。

"活了一天呀,又是一天呀!斗移星转呀,又一年呀!怀里拐呀,喘大气呀,哈其码子步呀,腰眼酸呀!"远处,一声一声,传来陈天成带领伙友们唱号子的声音。

┉┉┉┉┉

.